私もみんなの役に立ちたい

【前向き障がい者】の頭の中

小倉健睦

幻冬舎ルネッサンス新書
219

はじめに

本書を手にとってくださった皆様へ。

2019（令和元）年、私が代表を務める電動車椅子サッカークラブが文部科学省から表彰を受け、この受賞をきっかけに「いままでの経験などを綴って自伝本を出版してみては？」というお声をいただき、ペンをとりました。

私は、生まれつき脳性麻痺という障がいを負ってしまい、家庭環境も片親というなかで育ってきました。そのような環境でいろいろ思い悩みながらも、一人の人間としてどうやって生きていくのかを必死に考えて、さまざまなことに取り組んできました。

社会のシステムが整っていないなかで「障がいを持って生きていくこと」は、思い通りにならなかったり、諦めてしまったりすることも多いかと思います。

私も苦しんできた当事者の一人ですが、そういった状況でも自分ができることを見つけ、結果を出し、道を切り開いてきました。自分の境遇を環境のせいにせず、与えられた環境のなかでベストを尽くすことを大事にしてきたのです。

その過程で得た経験は、同じような境遇で苦しんでいる方々はもとより、「生きる」という視点では多くの皆さんのヒントになるのではと思っています。

だからこそ、この本では私がいままで取り組んできたことや、そのなかでの気づきを詳細に綴っています。

本書を手にとっていただいている多くの皆様に「前向きに生きることの大切さ」をお伝えできれば幸いです。

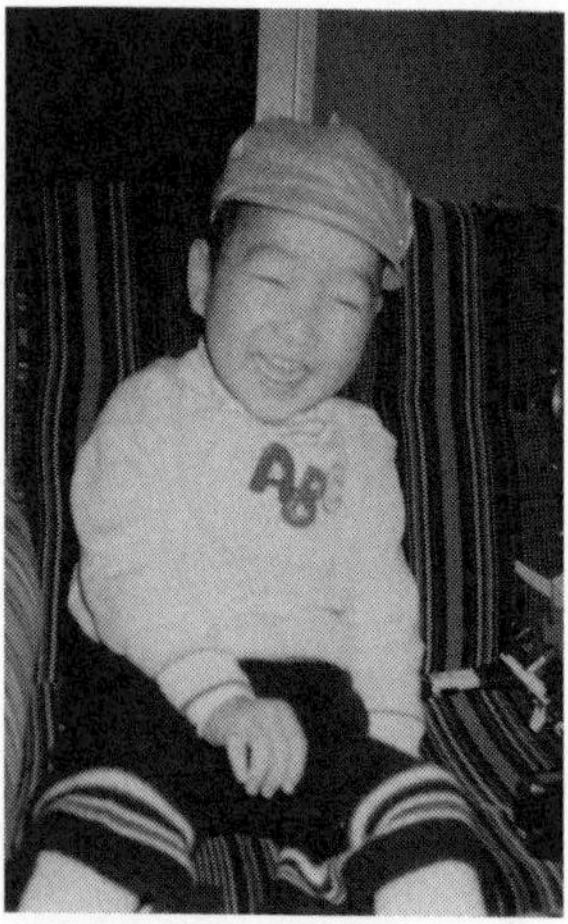

満面の笑みの幼少時代。
この笑顔が今でも私の
トレードマークです

私もみんなの役に立ちたい

【前向き障がい者】の頭の中

目次

第1章　自身の源

——思い出あふれる学生時代——

【運命の日】

１９７５（昭和50）年4月16日、私は8ヵ月の早期出産で約１３００グラムの未熟児として生を受けました。出産前に、医師から家族に「母子ともに、もう助からない」と言われたそうです。私は、出産時に泣き声を上げることなく生まれ、結果として、身体に重い障がいが残ってしまいました。

生育不足のため、３ヵ月間保育器に入りましたが、母はこのときのことを振り返って、「箱入り息子だった」とたまに言うときがあります（笑）。

退院後、家族が私の首が据わっていないことに気づき、大学病院を紹介してもらい受診することに……。診断の結果、脳性麻痺（正式な障がい名は脳性麻痺による四肢体幹機能障がい）の障がい認定を受けたのは、生後2年が経過した１９７７（昭和52）年8月。このとき家族は、この現実をどのような想いで受け止めたのか想像もつきません。

「障がいを持って生きていくこと」

これが私の人生のテーマとなりました。このことが良くも悪くも私の人生に影響を与えていくことになります。

これから私がさまざまな経験をし、そのなかで成長してきたことを綴っていこうと思います。

○生きる目的を見つけるための教訓
「障がいとともに成長する」
・障がいを持って生まれたのは変えられない事実。それならば寄り添って成長しながら生きていくしかありません。

【普通じゃない普通の子ども】

私は、母、祖母、兄の4人家族で育ちました。私が2歳のときに両親が離婚をし、父はいません。

同じ2歳のときのことですが、私が障がいの認定を受けたあと、母が医師から「手術をすれば歩くことができる」と聞き、2度の整形外科手術を受けました。2歳のときだから記憶がないはずなのですが、よっぽど怖かったのか、手術の場面が記憶の映像にいまも残っています。また、入院中は病院食がおいしかった記憶があります。

ただ、私の小さな頃は、この分野の医療も未発達段階で、とりあえず切ってみるというのが主流でした。まさにモルモット状態で結局、手術を受けても大きな変化はありませんでした。退院してから自宅で過ごすことになりましたが、物心がつき始めた私は、自分の周囲の人たちとの「違い」に気づき始め、「あれ？　僕だけ体が動かない、立てない。何で？」と、こんな想いがあったのですが家族には言えませんでした。

ここから、私のなかでの言い知れぬ葛藤が始まりました。

幼少時は、地元の保育園・幼稚園には通わず、自宅と療育センター（リハビリを週3回）で過ごしました。普段自宅では、NHK教育テレビを観たり、一人の時間ではビー玉で遊んだり、塗り絵やパズルをしたり、ボールを部屋の壁に当て、跳ね返ってきたのをキャッチして遊んでいました。キャラメルやガムなどのお菓子に付いていた、おまけのおもちゃを集めたりもしていました。

それ以外に、二つ上の兄と遊ぶこともありました。メンコやボードゲーム、夏には庭でビニールプールに入り水遊びをしましたが、ときどき、喧嘩をしたことを覚えています。いま思えば無謀ですが、私は負けず嫌いなので、体が不自由なのに向かっていきました。また、ときにはボードゲームなどの玩具で母親や祖母と遊びながら過ごしていました。

体の自由がきかないこと以外は普通の子どもと同じように過ごし、5歳の頃にはひらがなや数字の読み書きもでき、誰に教わったわけでもないのですがアナログ時計が読めました。ゲームでは母親や祖母に勝てるようにもなっていました。

体は不自由でしたが、この頃の私は体も少し動いたので、家のなかばかりではなく、天気の良い日は、母親と近所へ行き、三輪車や補助輪付き自転車を自力で漕いで散歩したりという生活も送っていました。たまに、鈴鹿サーキットの遊園地にも遊びに連れて行ってもらいました。遊園地の乗り物に乗るのがとても楽しかったです。

食事も手は不自由ながら、お箸は左手で使えました。そういえば、食卓に普通にお箸しか置いてなかったです。これも母の教育だったのかな？　体が不自由とかに関係なく、母親が普通に私を育ててくれたことを、とても感謝しています。

幼少期を主に自宅で過ごした私も、やがて学校入学を迎えます。普通なら地元の小学校に、というふうになるところですが、当時は障がいを持っている生徒の受け入れ体制などの不備や世間の風潮などから、三重県の県庁所在地の津市にある三重県立城山養護学校（現：三重県立城山特別支援学校）へ通うことになりました。学校に入学するまで家族以外の人と触れ合うことが少なかった私にとって、ドキドキワクワクの世界です。

「どんな人と出会うのだろう。どんなことをするのだろう？」

そんな想いでいっぱいでした。

入学式では緊張しながら名前を言ったのを覚えています。私が住んでいる鈴鹿市の自宅から、自家用車でバス停まで送迎してもらい、スクールバスで1時間半くらいの通学です。仲良くなった友だちとバスのなかでテレビゲームやテレビ、好きな歌手の話をしたり、先輩には勉強を教えてもらったり、後輩には勉強を教えたり。ときには、騒ぎすぎて介助員さんに怒られてしまったこともありました。スクールバスの運転手さんとも仲良くなり、送迎中に話すことが楽しかったです。

この年から12年間の学生生活を続けることになりますが、実は、私の自信の源は、この12年間の学校生活にあります。さまざまなエピソードを交えながら振り返っていきたいと思います。

○生きる目的を見つけるための教訓

「普通の子と変わりなく育ててくれた母に感謝する」

・体が思うように動かないことに葛藤を感じたこともありますが、普通の子どもとそれほど変わらない幼少期を過ごせた経験は大きいです。母に感謝！

【養護学校の爆笑王】

当時、養護学校自体の数が少なく、私が通っていた城山養護学校には三重県内の各地域から生徒が集まってきていました。それぞれの地域で学ぶことはなく、一ヵ所に集められた感じで、小学部、中学部、高等部の12年間一貫教育でした。

学校行事での思い出といえば、春と秋の遠足で、バスに乗って津市や松阪市などの公園に行きました。現地に着くと公園内を散歩したり、おやつを食べたりして、楽しく過ごしました。

なかでもすごく楽しみにしていたことは、手づくり弁当を外でみんなと食べることです。母親にお弁当のおかずに玉子焼き、エビフライ、から揚げなど好きなものを全部をリクエストしていたので特別感がありました。

社会見学では、地元の各企業などに工場見学に行きました。いつもおやつで食べていたスナック菓子がつくられる工程を見ることができたのはもちろんですが、見学後に、お土産としてお菓子をいただけたのが嬉しかったです。

秋の運動会は、全校生徒（小学部、中学部、高等部）が一斉に集まり、綱引き、大玉ころがし、リレー競争などをして、みんなで盛り上がりました。

初めてとなる小学1年生の運動会では、中学部、高等部のお兄さんやお姉さんと一緒に玉入れ競争ができて、嬉しかったことを覚えています。

春の運動会は、各学部で赤組、白組に分かれて得点を競い合いました。運動会のプログラムに沿って、校歌斉唱、ラジオ体操、徒競走、ダンスなどの競技をしました。リレー競争では、私は選抜メンバーだったので、選ばれたときはすごく嬉しかったです。

また養護学校には歩行会という行事もありました。これは競争ではなく、自分の記録に対して少しでも良くなることが目標でした。低学年の頃は、歩行器で歩くタイム、それ以降は手動車椅子での自走のタイムを測ります。きつかったけど、自分の記録を更新していくと嬉しかったですし、充実感もありました。

授業参観日は、親や祖母に授業風景を見に来てもらうのがちょっぴり恥ずかしかったです。小学高学年の頃から母が働いていたので、参観日や運動会に来られないときもあり、少し寂しく感じることもありましたが、仕方がないと納得していました。親が運動会に来られなかったときは、先生が一緒にお弁当を食べてくれたことがとても嬉しかったです。

修学旅行にも行きました。小学部では、京都・奈良で東映太秦映画村、奈良公園などに行きました。奈良公園では、先生が鹿せんべいを私の足の上に置いたので、鹿に囲まれる恐怖を味わいました（笑）。いたずらした先生、笑っていたなぁ。京都では、お土産屋さんを巡るのが楽しかったです。

中学部の行き先は、関西方面（大阪府・兵庫県神戸市など）。大阪城や神戸ワイナリー、メリケンパークなどを見学し、初めて神戸牛のステーキを食べられてよかったです。

高等部では東京方面に行き、東京ディズニーランド、ＮＨＫ、国会議事堂などを見学し、東京ディズニーランドでは、重度の障がいの人たちも楽しめるアトラクションを自分たちで調べ、まわる計画を立てました。ハンディがある私たちは、アトラクションを待たずに乗れることにびっくりしました。国会議事堂に行ったときは、なぜか緊張しました。国会議事堂やＮＨＫまでのバスでの移動がすごく時間がかかったのを覚えています。修学旅行時の夜は、みんなと話す時間が楽しかったです。先生が見回りに来るときに、みんなで寝たふりをしたこともありました。これは皆さんも、修学旅行あるあるですよね。

夏には、先生と生徒が一緒にキャンプもしました。飯盒炊さんでご飯を炊いて、カレーをつくり、みんなでカレーライスを食べたり、キャンプファイヤーをやって歌を歌ったりして楽しかったです。

文化祭は、二日間の開催でした。

一日目は各学部単位でバザーや生徒の作品が見学できる展示コーナーがありました。模擬店では、うどんコーナーを担当しました。うどんの麺を製麺所から取り寄せて、うどんをつくり売りまくりました。この頃から商売をするのが好きでした。

二日目は、各学部の学習発表会で演劇をしました。小学部のときは舞台で演じるのがすごく恥ずかしかったですが、中学部では「はちみつレモン」のＣＭのパロディーをやり、私はミニスカート姿で化粧をして、盛り上がりました。高等部のときは劇のシナリオを先生と一緒に考え、主人公の桃太郎、友だちの浦島太郎、金太郎とキャラクターのナレーションをアニメのタイムボカンふうにアレンジをし、爆笑を誘いました。

また、高校3年生の文化祭の開会式では、私が志村けんの「バカ殿様」に扮し、ポスターカラーで顔を真っ白に塗って、バカ殿様になりきってみんなの前で演じて、会場が大爆笑になったのを覚えています。

余談ですが、学校行事の運動会、餅つき大会などでは、私が司会に抜擢されることが多くありました。人前に出て話すことといえば、中学2年生のときに、学校内の弁論大会に出て高等部のお兄さんたちにも勝って優勝したことで、人前で話す自信をつけました。いま、講演活動などもさせていただいていますが、このときの自信が元になっています。

○生きる目的を見つけるための教訓

「得意なことを見つけるのが、自信への近道」

・もともと周りを盛り上げるのが好きな子どもでしたが、人前で話すことや自分の考えをうまく人に伝えることが自信になりました。得意を伸ばす。基本ですね。

【勉強も一生懸命にウイットいっぱいに】

学校行事のことばかり書きましたが、もちろん、勉強もします。皆さんと同じく国語や算数など普通の教科を習いましたが、学習スピードはめちゃくちゃ遅いです。

小学部の1年生から3年生の頃は親の付き添いが必要でしたが、4年生からは親の付き添いから離れ、勉強も能力に応じた学級編成になり、理解力に障がいがなかった私は上級生と一緒に勉強することになりました。この頃からライバルを意識するようになって勉強が楽しくなってきました。テストなどの成績も競い合っていました。

理科の授業のヘチマの観察は、種をまくところから始め、花が咲き、実がなったら、化粧水をつくったり、実の中身を漂白剤に浸けて綺麗にしてタワシをつくったりしました。できたタワシや化粧水は、文化祭などで販売もしました。

体育の時間には、リハビリ訓練を受ける授業もありました。リハビリ訓練も毎年目標を決めて取り組みました。もちろん、通常の体育の授業もあり、みんなとプレイする野球は楽しかったです。先生も一緒にプレイして盛り上がりました。

学校のクラブ活動は、オセロ、囲碁・将棋、放送クラブなどに入っていました。高校３年生のときの放送クラブでは、昼休みの休憩中にラジオのＤＪのようなこともやっていた思い出があります。調子に乗ってしゃべり過ぎて、歌のイントロの長さにトークが収まらなかったこともありました（笑）。この頃から人を楽しませることが好きでした。

私が中学１年生の年に昭和から平成になったのでよく覚えていますが、初めて担任の先生が女性になりました。女性といえば、高等部では、交流があった女子校の生徒の方との交流会が行われ、女子からもらったクリスマスカードも嬉しかったです。

ちなみに、サンタクロースがいないことは、小学１年生のときに気づきましたが、小学４年生まではそのことをわざと親には黙っていて、信じているふりをしていました。クリスマスプレゼントがもらえたらそれでよかったので。私のずる賢い一面ですね（笑）。

高校３年生の夏休みの宿題で読書感想文を書いたのですが、その作品を読書感想文全国コンクールに応募しました。普通に読書感想文を書くのではなく本の主人公に宛てた手紙ふうにアレンジをして書きました。その狙いがうけたのか賞をいただく前の段階までいったそうです。物を書くことが好きだったのは、この頃からだったのかもしれません。

卒業式では、高校２年生のときに在校生代表の送辞、翌年の高校３年生では、卒業生代表の答辞を担当させていただきました。送辞も答辞も、内容を丸暗記するまで練習し、自分の役割を果たせたことが嬉しかったです。

最後に私の体のことについて触れたいと思います。

小学校低学年までは手動車椅子で自走したり、補装具を装着して歩行器を使って少し歩くことができました。小学4年生ぐらいには、寝転がっている体勢から起き上がる動作を介助なしで、自力であぐら座りができるようになりました。あぐら座りが一人でできるようになったとき、家族はものすごく喜んでくれました。

しかし、その後は歩行器で歩くことはできなくなり、自分の残存能力の維持のために手動車椅子で自走していましたが、高校2年生のときに担任の先生から「残存能力を維持することよりも、自分の行動範囲を広めたほうがいい」と提案してもらい、電動車椅子の操作に慣れる訓練をしました。

学校を卒業後、社会に出てからは外出時に電動車椅子を使用しています。当時は迷いましたが、あとから考えると、この選択は正解でしたね。提案してくれた先生に感謝です。

○生きる目的を見つけるための教訓

「ときにはこだわりを捨て、行動範囲を広げよう」

・可能であれば自分の力を使い、手動車椅子や歩行器で移動したい。それが無理ならこだわる必要はありません。電動車椅子は手動車椅子より格段に便利です。

【ハンディがある人の日常生活】

幼少期から小学生の頃、学校からの帰宅後は宿題を終わらせてガンダムのプラモデル、ルービックキューブ、チョロQなどで遊んでいました。しかし、家庭用テレビゲームが発売されると、遊びはそれに移行。マリオシリーズや野球、ゴルフゲームなどをよくやりました。もちろん、当時流行したロールプレイングゲームもですね。三国志のゲームをプレイして、中国の武将を覚えることもできました。

マンガ雑誌の『コロコロコミック』や『週刊少年ジャンプ』なども読んでいました。4コママンガにはまった時期もこの頃です。

一方で、小学4年生のときには、週1回土曜日の午後に英会話教室に通っていました。家族や幼馴染の人以外の健常者との交流で、英語のカルタ取りが楽しかったです。

やがて育ち盛りの中学生、高校生の頃になると、夕飯前にお菓子を食べ、夕飯にはおかずと山盛りのご飯を食べて、その2時間後ぐらいに兄と一緒に夜食のインスタントラーメンを食べるという食生活を送っていました。いまでは信じられないほど食欲旺盛でした。それでも不思議なことに全然太らなかったです。よく私は、「栄養は全部脳みそに行くのだ（笑）」と言っていました。

夕食後は、家族でテレビを観ました。毎週土曜日は、『クイズダービー』や『8時だヨ！全員集合』が楽しみでよく観ていました。『ザ・ベストテン』に好きな歌手が出ていて、歌のカセットテープやレコードも買いました。『アメリカ横断ウルトラクイズ』もよく観ていて、高校3年生のときに、学期末行事のクイズ大会の司会も同じ設定で演じたこともあります。

他に好きなものといえば、幼少期から自動車が好きでレースの専門誌を購入して読んでいました。当時テレビで中継されていたF1レースはビデオ録画もしていました。録画したものを何度も観るのが好きでした。

また、年に1回ほど家族とショッピングセンターへ出かけて、買い物に行くのも楽しみにしていました。中学生の頃に「いつかこういう所で働けたらいいな」と淡い夢を描いていました。たまに家族とレストランに食事に行ったり、映画館に行くこともありました。よく行ったレストランのハンバーグがおいしかったです。映画は、カンフーの映画や『ランボー』シリーズが好きでした。

夏休みなどは、担任の先生の家庭訪問があったり、学校で仲が良かった友だちの自宅に遊びに行き、一緒にテレビゲームをしたり、食事をいただいたりして楽しく過ごしました。

自宅では、犬も飼っていました。

初代のコロとの思い出は、夏に家族で川へ遊びに行ったとき、コロが川遊びをしたびしょ濡れの体で私に近寄り、水しぶきをかけてきたことです。

二代目のコテツとの思い出は、いつも私のそばにいた利口な犬でした。しかし、あるとき急に興奮してこたつで横になっていた私の周りをぐるぐる走り回って、私の頭を踏むハプニングがありました。私が「痛いっ!!」と言ったときに、すぐに私のところに近寄って来て、顔をペロペロ舐めてくれました。かわいかったなぁ。

うちの家族も私のことを大切にしてくれました。

母親は、小学校の低学年まではほぼ私に付きっきりでした。小さい頃は、少しでも体が良くなるかとあちこちリハビリにも参加しました。小学校の高学年からは仕事を始めて母親が懸命に働いている姿を見て育ちました。いま、私が頑張れるのは母親の存在があるからで、本当にありがたい存在です。

母親が仕事に出るまでは、祖母の収入で家族を支えてくれました。昼間は母の代わりに私の介助や学校の送り迎えなどもやってもらってありがたかったです。料理も学生時代は祖母の料理が中心でした。おいしかったです。

兄は、小さい頃はよく喧嘩もしました。いま、思うと、私が母親をとってしまっていた部分もあり、寂しい思いをさせてしまっていたんでしょうね。申しわけなく思っています。中学生ぐらいからよく話しましたね。うちは父親がいなかったから、男同士でしか話せないこともありました。母や祖母が家にいないときは、私のサポートもよくしてくれました。いまでは、私の一番の理解者です。私のことを大事にしてくれる兄に感謝していますし、いつも頼りにしています。

「ハンディがある人の生活は、どんな感じなんだろう？」と思う方もいるかもしれませんが、ご覧の通り皆さんと何も変わりません。したいことや考えていることはみんなと同じです。ただ、体が動かしにくいだけです。

○生きる目的を見つけるための教訓

「体が動かしにくいこと以外はみんなと同じ」

・健常者と障がい者の違い、それは体が動かしにくいだけのこと。前向きにそう考えられるようになったのは、家族のサポートがあったからです。

４歳の誕生日に兄との２ショット

第2章　将来の不安

――ハンディのある者の限定された進路――

【立ちはだかる〝将来〟】

私なりに充実した学生生活を送っていましたが、卒業を迎える高校3年生でさまざまな転機が訪れました。運転免許証もその一つで、高校3年生のとき、自動車学校教習が受けられたらと思い行ってみましたが、車椅子から車への乗り移りが一人でできないと車の免許を取ることができないと言われ、やむなく諦めました。私自身車は好きだったので、車に乗れずに残念でした。もし、車に乗れたら、行動範囲も広くなったのに……。

車に乗って行動範囲が極端に変化するのと同じように、学生から社会人になるといままでの生活が一変します。私は将来の就職を見据え、高校3年生のときに進路担当の先生と相談をして、作業所に職場実習に行きました。

仕事は流れ作業で、数をこなさなければならず、自分には難しいと思いましたが、頑張って作業をこなしました。

小、中学部を卒業し、高等部は自分の能力を活かせそうな、簿記の資格が取得できる商業コースへ進学しました。この頃から、片親である私は、自分の将来への漠然とした不安を覚えるようになりました。私の物心がつく前に両親は離婚して母親だけの状態で、障がいを持ちながら自分が生きていくことを考えたとき、「もし母親に何かあれば、私は自宅で暮らすことはできず施設送りになる」と頭のなかにこんなシナリオがよぎりました。

この頃の私は、自分の将来を悲観的に見て、「このままの延長線上で生きていっても、健常者のように暮らすことはできない。何で私だけがこんな思いをするの？」と思っていました。小さい頃から、皆さんと同じように将来にいろんな夢や希望を描いても、体にハンディがあることで諦めざるを得ない現実が待っています。知能に問題がなかったことで、現実を目の当たりにし、先々のことまで考えて一人で思い悩むという悪循環に陥ってしまいました。

兄のところには、毎日たくさんの友だちが来ていました。その光景が当時の私にはとてもうらやましく、自分と重ね合わせるとその違いに言い知れぬ辛い想いを抱きました。兄と自分とのギャップに苦しみ、ふさぎ込んでいく自分がいました。辛かったけど心配をかけたくない想いもあり、誰にも相談できませんでした。

この頃の私の娯楽は、一人でプレイするテレビゲームなどが中心でした。母は仕事に行っていたので、休みの日はゆっくり休んでほしいと思い「遊びに連れて行ってほしい」

と言い出せず、あまり外に遊びに行く機会はありませんでした。

　このときの正直な気持ちは、寂しかったし、もっと友だちや家族と遊びたかったです。一人で悩み続けているとき、最悪な心境のときは「このまま死んでしまおうか……」と思ったほどでした。

　余談ですが、この経験が友だちを救う手助けにもなりました。

　高校3年生のときのクラスメートが、気持ち的に自分自身に自信が持てなくなったのか学校に来られなくなった時期があり、学校の担任の先生から電話で勇気づけてやってほしいと相談を受けました。

　そこから学校がある日は毎朝「一緒に勉強しよう。みんな待ってるよ！」と勇気づける電話をかけました。電話をかけた期間ははっきりとは覚えていないのですが、毎日かけ続けたと思います。

　しばらくしてそのクラスメートが学校へ通えるようになるまで回復しました。あとから聞いた話によると、車の免許を取り、車を乗り回すぐらい元気になったそうです。

　のちに私が施設に入ったときに一度だけその方と再会することができ、

「小倉君、あのときはありがとう」

と言ってもらいました。自信が持てない状況からすごく前向きに変わっていたことがとても嬉しかったです。私の電話がどの程度役に立ったのかわからないですが、人としての思いやりや声をかけることの大切さを私も学びました。本当に元気になってくれて良かったです。

私は12年の学校生活で児童会長や生徒会長を経験するなど、常にリーダーシップをとってきました。私は、さまざまな場面で常に中心的存在であるがゆえに、優等生であることを望まれ、本来の自分を出せなかったりもしました。

優等生を演じていた部分もありましたね。「頑張れ！　頑張れ！」とよく言われました。「こんなに頑張っているのに」って言いたかったです。辛い一面ものぞかせながら生活を送っていました。

そして、私より重い障がいを持つ親御さんからの私に対する過剰な期待、やっかみに苦しむことも……。

将来に不安を抱いていた17歳の頃

「この子より、あなたはいろいろできて幸せでしょ。頑張って」

「あの子は良いよね、障がいが軽くて」

いろいろ言われました。確かにそうかもしれないですが、当時の私にはその言葉が重く響き、悩んだ時期もありました。

○生きる目的を見つけるための教訓
「自分が辛い経験をした分、友だちを思いやる」

・誰にでも悩みを抱えたり、自信が持てない時期があります。そんなときに助けてくれる友だちは本当の友だちです。

【私の生き方を決定する奮起】


こういったさまざまな想いを巡らせるなかで、

「こんな最悪な状況にはなりたくない。ダメ元で頑張ってみよう！　これでもしダメだったら諦めよう」

と思い、本当に追い込まれたとき、良い意味で開き直り、前向きに取り組もうと自分のなかに変化が起きました。この心境の変化が自分の自信をつくることになります。落ちるところまで落ちたら、あとは上がるしかないですからね。それが良かったのかもと思っています。

お尻に火がついた私はいま自分にできることを必死に考えました。同時に、

「自分は一度死んだ命を救ってもらった。こんな私にも何かできることはないか？　そして、家族を安心させるには、私が就職して、私自身が経済的に自立すること。よし、やるぞ！　やるだけやってダメだったらそのときに諦めよう！」

と決心しました。このときから私の意識が変わり、高校３年生から資格取得の勉強を始めました。高校３年生の一年間は毎日約８時間の勉強を自分に課しました。もちろん、お盆もお正月もありません。国語、数学、理科、社会、英語の５教科と簿記の勉強を中心に没頭しました。

「よくそれだけの勉強ができたね」と言われましたが、その当時は辛いなんて思わなかったです。重い障がいを持つ私が、とにかく社会に出るためには資格取得が必要条件です。

人生を賭けた勝負でした。「将来は働いて、友だちもいっぱいつくって楽しむぞ！」と自分に言い聞かせながら頑張りました。

そして何よりありがたかったのが周囲の協力です。高校3年生のときの簿記の担当の先生は、土曜の放課後まで私の勉強に付き合ってくれました。先生に手づくりの教材もつくっていただき、そのことが嬉しくていまでもその教材を捨てずに持っています。本当に感謝でした。先生の協力がなければ、いまの私はありません。

周りには、「あなたにこんな難しい資格取得は無理」と言ってくる方もいましたが、まったく気に留めませんでした。それよりも何とか目標を成し遂げて、就職したい想いが強かったです。自分が心の底から成し遂げたいと思ったら、周囲のマイナスの言葉は入ってきませんでした。自分自身が誰よりも自分のことを信じていました。「自分はやれば必ずできる！」と言い聞かせました。

そんな努力の甲斐もあって、高校3年生の夏に全国経理教育協会の簿記検定3級を取得することができました。自信がついた私は、3学期に全国商業高等学校協会の簿記実務検定1級（商業簿記）、2級、情報処理検定3級、ワープロ実務検定4級、さらにアマチュア無線技士4級を立て続けに取得。半年で6つの資格を取得することができました。

私が通っていた学校で、簿記実務検定1級を取得して卒業したのは、学校の長い歴史のなかでも私だけです。しかも、この年の全国商業高等学校協会の簿記実務検定1級商業簿記はとても難易度が高く、一緒に受験した３５０名中合格者はたったの10名でした。「試験に落ちても仕方がない」と言われていたほど難易度が高かったです。

全国商業高等学校協会の簿記実務検定には商業簿記と工業簿記があり、工業簿記は一年後に受験して取得しました。学校卒業後も工業簿記への勉強のサポートをしてくれた先生に感謝です。

○生きる目的を見つけるための教訓

「自分を信じ、良い意味で開き直る」

・本当に追い込まれたときは、良い意味で開き直りましょう。やるだけやってダメだったら諦めればいいのです。そして、次の目標を見つけましょう。

【勉強の仕方について】

将来に向けて目標を持ち、資格取得が必要になったとき必死に勉強をしましたが、そのときの勉強の方法などを書いてみます。

私の場合は、高校のときの資格取得に自分の人生を賭けましたので、四の五の言わず勉強をしました。何でもそうですが、自分のなかで動機付けされたことについては、人は必死に努力すると思います。親や家族に、

「勉強をやりなさい」

と言われてやるのでは、本当の意味で続かないし、辛い時間になると思います。

一生懸命に取り組んでいくなかで、勉強したことがわかってきたら、勉強が楽しくなってくるはずです。わからないことを、わからないままにせずに、何度も教科書を読んだり、先生や、その問題がわかる人に聞くのもいいと思います。

知らないことがわかると、人に教えたくなるし、人に教えることができれば、そのことに対する理解は深まっていくはずです。そうすると、さらに勉強したくなる。良いサイク

ルが回り始めます。そして勉強することが好きになっているはずです。「好きこそものの上手なれ」とはよく言ったものですね。

毎日時間を決めて机に向かうこと。皆さんも歯磨きは習慣化されていると思いますが、それと同じように勉強の時間も決めて机に向かっていました。そうすることで、毎日勉強をすることが当たり前のようになるからです。「ゲームなどで遊ぶ前に宿題を先にする」「授業の予習復習をする」など、自分なりの目標を決めて取り組むと効果的だと思います。目標はできるだけ細分化しましょう。「単語を１０００個覚える」という目標より「毎日単語を5個覚える」という目標のほうが継続的に取り組めます。

また、移動中など、隙間の時間も活用していました。移動中の5分、10分も無駄にしないで取り組むことで、トータルにしたら人より多く勉強ができるはずです。国家試験などにおいては、過去問題の答えなどを覚えたりもしました。学生時代は勉強することが仕事ですが、社会人になれば、仕事をしながらの勉強になるので、「いかに効率よく知識を身につけるか」ということがポイントになってくるのではないでしょうか?

社会に出れば資格を取得しないとできない仕事もたくさんあります。また、たくさんの知識を身につけることで、さまざまな場面で判断能力が上がると思います。学生時代にたくさんのことを勉強するのはそのためだと思っています。勉強しておいて無駄なことは何一つありません。勉強ができる時間は、あるように見えてそんなにないので、勉強に割ける時間があるうちに精一杯取り組んでほしいです。頑張って身につけた知識は、あなたの宝物ですよ。

この短期間に、自分で目標を決め勉強をしてたくさんの資格取得を成し遂げられたことが、いまになっても私の自信の土台です。まさに限界突破でした。このときに経験した成功体験は、人生の困難に直面したときに自分を守ってくれます。この経験がなければ、いまの私はありません。このような経験を早い時期にできてよかったです。「どんな状況にあっても、やればできるんだ!」ということを気づかせてくれた出来事でした。

資格取得をしたあと、後輩の簿記の勉強も面倒を見たりしました。その後輩が、見事簿記の資格を取得できたことが、自分のことのように嬉しかったです。これもまた、人の役に立つことの喜びを感じることができた出来事でした。

○生きる目的を見つけるための教訓

「頑張った経験は自信になり、知識は人生の宝になる」

・たくさんの知識を身に付けることで、さまざまな場面で判断能力が上がります。また、限界突破で頑張った経験は、いまも私の自信の土台となっています。

【障がい者に牙を剥く社会の現実】

資格を取得して自信がついた私は、もっと実力を磨きたいと思い大学進学を考えました。当時、大学に通学することが難しかった私は、商業系の学科で通信教育課程がある大学を探しました。候補が少ないながらも見つかったのがN大学の経済学部です。幸い高校のときの成績も良かったため学校から推薦をいただき入学できるというお話でした。

「体が不自由でも資格を取得して、ハンディを補いながら仕事に就きたい。公認会計士を目指すぞ！」

そんな夢を描いていました。

早速、校長先生に推薦状を書いていただき、大学側と入学に向けて交渉しました。しかし、結果は厳しいものでした。取得しなければいけない単位に体育科目があるため、体育のできないあなたは受け入れることができません、というもの。

体の不自由な私に体育の単位を強要するのは不合理だと、代わりになるものの単位取得を交渉しましたが、交渉は実らず結局大学進学は諦めることに……。いまは、障がい者の大学進学に対する門戸は徐々に開かれていますが、私の時代はこれが現実でした。大学側に受け入れ体制がないのなら、それをはっきり伝えてほしかったです。そのほうが諦めもついたと思います。学びたいのに学べない。多くの友だちに囲まれ楽しもうと思っていた大学生活も叶いませんでした。

ショックを受けながらも私は新たな道を模索していきました。進学の道を諦めざるを得なくなったので、三重県職員の採用試験を受験しました。しかし、もう採用者は決まっていたという噂もあり、私は試験に落ちてしまいました。これってよくある「コネ」っていうやつなのかな?と疑いたくなりました。

そういえば、このときの面接で聞かれた内容がどうもおかしかったです。面接試験で私の学校の先生のことだけ聞かれて終了っておかしいでしょ。あとから聞いた話ですが、どうも、面接官と私の学校の先生が知り合いだったらしいです。苦い社会勉強でした。

その後、鈴鹿市の公共職業安定所に就職の斡旋に相談に行ったところ、担当者から厳しい一言が……。

「通勤もトイレも一人でできないあなたに斡旋できる就職先はありません。お帰りください」

その頃の私は、勉強はできましたが生活面に関して一人でできることといえば、歯磨きとご飯を食べることぐらいでした。その他の生活の場面では、すべてにおいて親の介助が必要でした。着替えもトイレも就寝中の寝返りでさえもできない状態でした。

そんな状態では、就職はできませんよね。資格さえ取れば就職の道が開けると思っていた私は、世間の厳しい現実に直面したとき、自分の情けなさと悔しさでいっぱいになりました。そして、現実を目の当たりにして、自分が何をすればいいのかわからなくなり、しばらく悩み続けました。そのときは、何も手につかなかったです。

「何で私ばっかりこんな思いをするのか……」

自分の体を悔やみました。ハンディがあっても前向きに生きることを大切にしてきましたが、社会の現実が降りかかってきて、前向きな気持ちでいることが辛くなります。ハンディがあることで、毎日の生活のなかで、自分の思い通りにならないことがたくさん起きてきます。

しかし、いろいろ思いをめぐらしても、私はこの状況で生きていかなければいけません。思い悩んだあげく、そう一つの結論に達しました。

○生きる目的を見つけるための教訓

「思い悩んだところで、現状を生きるしかない」

・ハンディがあってもなくても、自分の思い通りにならないのが世の中です。そこで大切なのはどう考えるかです。投げやりになっては前に進めません。

第3章　人生の転換

——社会に出る準備期間——

【できることからやろう！】

大学進学も就職の道も断たれてしまった私は、何を目指していいのかわからなくなり、しばらく悩み続けました。自分が思い描いた通りにならない悔しさや自分に対する不甲斐なさ、情けなさでいろんな感情が入り乱れていました。親に当たってしまったりしたこともありました。

「やっぱりダメか」

と諦めかけもしていたところ、ある新聞記事を目にします。

三重県津市にある身体障害者総合福祉センターに生活援助棟という施設ができて、いままで受け入れてもらえなかった重度な障がいがある人でも受け入れてもらえるというものでした。

家族と話し合いをし、いまの状況では、どこにも行くところがない。先に進むためには、できないところをできるように頑張っていこうという結論になり、生活訓練をして将来につなげていこうと、その施設に行くことになりました。

こうして、高校卒業から４ヵ月ほどが経過した１９９３（平成5年）7月に、三重県身体障害者総合福祉センター（身障センター）生活援助棟での新たな生活がスタートします。それまで、修学旅行や学校の寄宿舎の体験などでしか親元から離れて暮らしたことがなかった私は、正直不安でいっぱいでした。入所した3日目に、ホームシックにかかり、家に帰りたくなったのをいまでも覚えています。だから、入所してすぐに通っていた学校の先生が心配をして顔を見に来てくれて嬉しかったです。

身障センターでのカリキュラムは、担当の指導員さんと打ち合わせをしながら、生活の目標を立てて、一つひとつ課題をクリアしていくような形でした。

まず、私が取り組んだことは、布団の上げ下ろしと、自分の服の着替えをすることです。いままで、一人では着替えもできなかったので、生活のなかで体の可動域を確保していくことが大事だと思ったので、そこをクリアしたい想いと、最初の課題として挙げたのです。

朝7時半から始まる朝食に間に合うように布団の上げ下ろしと着替えを終わらせなければならないので朝の5時半に起床して布団の上げ下ろしから始めました。最初は、布団を片付けるのに20分くらいかかり、そこから着替えを始めました。上の服を着替えるだけで30分、ズボンを穿くだけで30分くらいかかってしまいました。靴下を履くのも苦労したなぁ。

とにかく、自分の体が動きにくくて、なかなかできない自分にも腹も立ちましたが、これをクリアしなければ何も始まらないので、頑張って取り組みました。苦労しながらも、自分がやりやすい方法を考えたりとやっていくうちに、体も少しずつ動きやすくなってきて、着替えにかかる時間も、少しずつ短くなっていきました。

家にいたら、どうしても甘えてしまったり、周りも自分たちが介助したほうが早いので手を出します。親から離れて暮らさないとなかなか自分ではやらないですね。ここに来てよかったと思っています。

いままで、親にやってもらっていた〝洗濯〟も初めての体験でした。最初は苦労しましたが、だんだん洗濯物をたたむのも、自分なりのこだわりが出てきました。こういうことを自分でやるようになると、親のありがたみがわかりますよね。これは誰でも同じだと思います。

○生きる目的を見つけるための教訓

「やってみなければ、できるようにならない」

・何事もやってみない限り決してできるようにはなりません。ときには、甘えを断ち切る環境に自ら飛び込むことも必要です。

【気がつけば私は一人。でも独りじゃない】

身の回りのことを自分でやるのも課題だったんですが、もう一つ私には大きな課題がありました。

私の住まいは鈴鹿市ですが、通学していた学校は津市にあり、実家に帰ったときにあることに気づきました。

それは、「周りに友だちがいない」ということです。家にいると何をするのも一人。遊ぶのもゲームをしたりとか本を読んだりとか、そんなことばかりです。私はそこでどうすればいいかを考えました。

まず、多くの方に私を覚えていただくために、自分の名前と連絡先を記した名刺を作成して、出会う皆さんに配ろうと思いました。

友だちづくりのために、自分のチラシをつくって駅で道行く人に配ったりもしました。チラシ配りのときはめちゃくちゃ恥ずかしかったし、どうしても友だちが欲しくて取り組んだのを覚えています。私のチラシは、当時私が通っていた音楽CDを売っていたお店に掲示してもらっていた時期もあります。

また、学生時代（中学生～高校生）は、年に一度ぐらいショッピングセンターに連れて行ってもらうくらいしか外出できなかった環境でしたので、施設に入所してからは、外出することも積極的に取り組んでいきました。外出時には、電動車椅子を使用しました。

最初は、銀行に行くことから始めました。ただ、あまり出かけていなかったこともあり、見るものが初めての経験だったりして、どうすればいいのかわからなくなるときがよくありました。慣れるまでは、施設の指導員さんと外出し、少し慣れてきたら、社会福祉協議会などに外出時のボランティアさんなどを依頼して、徐々に出かけることに慣れていきました。

行動範囲を広げるために、電車などの公共交通機関も使いました。初めて電車に乗ったときは、すごくドキドキしましたね。ちゃんと駅員さんにお手伝いしてもらえるのか不安でした。

外出時に、指導員さんからよく言われたことがあります。

「ゆくゆく就職したいなら、どんな天候にも対応すること」

このアドバイスを守り、雨の日も風の日も雨合羽を着て電動車椅子に乗って出かけていましたが、足が冷えすぎて感覚がなくなってしまうほどのことも経験しました。

大変な外出を経験すればするほど、「あのときにあんな経験をしたんだから大丈夫！」と徐々に自信をつけていきました。学生時代の遅れを取り戻すように……。

外出は、お休みの土日にもできたので、外出することに慣れてきてからは、施設で仲が良かった人や学生ボランティアさんと食事に出かけたりもしました。

施設からタクシーに乗り、近くのショッピングセンターに出かけ、しゃぶしゃぶの食べ放題なんかも行きました。一緒にお酒を飲む時間も楽しかったです。「小倉さん、酔ったらかわいい」とよく言われていました（笑）。

同年代の人たちと触れ合うことが少なくて、仲間と遊ぶ経験がなかった私にとっては、こういう時間が楽しくて仕方がありませんでした。そうしていくことで、徐々に友だちもできていきましたが、外出していくなかでつらい経験をしたこともあります。

障害年金を受給している私ですが、私の姿を見た見知らぬ人に「税金泥棒」と捨て台詞のように、言われたこともあります。そのときは、「いまに見ていろ！」と闘志満々になりました！

ほかにも、簿記の勉強も続けていて日商簿記の2級も受験したのですが、不合格になったとき、一緒に結果を見に行ったボランティアさんに、

「君がこんな資格取っても、将来就職するのなんて難しいでしょ。叶わない夢を追うのは諦めたら」

と言われることもありました。精神的に未熟だった私にとって、その言葉が胸に突き刺さり、「自分が目指していることは、これで正しいのか？」と思い悩む時期もありました。

そんなときに、ある指導員さんにこんな言葉をかけていただきました。

「君には、総理大臣の悩みは降りかかってこない。小倉君には小倉君に乗り越えられる壁しかこないから、安心してチャレンジしたらいい。高校時代にたくさん資格取ったりして頑張ってきたんでしょ。いままでやってきたことを信じて取り組んでいけば大丈夫！　自信を持って！」

その言葉で、ふと我に返ることができて救われました。ありがたかったです。

○生きる目的を見つけるための教訓

「やってきたことを信じて取り組めば大丈夫！」

・指導員さんから言われたこの言葉に私は救われました。迷いや悩みがあるときは、いろいろな人に意見を求めましょう。一人で考え込んではいけません。

【将来を見据えて】

身障センターでさまざまな取り組みに挑戦し、日々成長するために努力をしていた私ですが、生活の面で、自分のなかでクリアしなければならなかった大きな課題が、トイレの問題でした。

前述した通り就職するにはトイレの問題がネックになりました。生まれてから学生時代までは、トイレは誰かの介助がないとできない状態でした。

あまり頻繁に介助をお願いするのも気が引けて、水分も積極的に摂らないことが多かったです。体には良くないことですよね。大きなほうは週に一回しか排泄がない感じでした。

そこで、施設では「大きいほうは毎日排泄があるように、小さいほうは尿器を使って自分で処理できるように」というのが目標となりました。大きなほうは、毎日決まった時間に排泄ができるように、練習していきました。小さいほうも、尿器を使って自分でとれるように頑張って練習しました。

小さいほうを自分で処理できるようになるまで時間がかかりましたが、それができたときはすごく嬉しかったし、それがきっかけで水分補給も我慢せずにできるようになりました。水分補給もちゃんとするから、大きいほうの問題も自然に改善されていきました。

私たちハンディがある者はトイレの問題をクリアできたらいろんな可能性が広がりますし、自分でできるというのは何より安心感につながります。ちょっと恥ずかしいお話ですが、皆さんに知っていただくためにも大事なことですので、包み隠さずお話ししました。

こうしてさまざまな問題をクリアしていくなかで、頭でっかちな自分に気づき、自己反省をしながら、少しずつ成長していきました。そうしていくなかで、自分も人から施しを受けるばかりではなく、人の役に立てる存在になりたいという想いもより強く出てきました。

そんなわけで、いつ就職のお話をいただいてもいいように、独学でマーケティングの勉強も始めました。施設の指導員さんから、業務が終わったあとにリーダーシップ論や企画書の立て方などを徹夜で学ぶ機会もありました。ハンディを補いながら生きていくには、自分の能力は磨きをかけなければいけないと言い聞かせ、必死に頑張りました。

そんななか、身障センターの指導員さんからある話を聞きました。東京などでは、障がい当事者が自立生活をどういうようにやっていくかなど、ノウハウの集約した自立生活プログラムの提供や、介護者の派遣、障がい当事者が悩みや苦しみを話し合い、お互いにカウンセリングをし合うピアカウンセリングなどを提供する「自立生活センター」というものがあるとのことです。

私はそれを三重県で展開できないかと考え、そのきっかけとして、話にあった東京のピアカウンセリングの集中講座を受講することを決めました。その当時三重県からの参加は私が初めてだったと思います。

その頃は外出することにも慣れ、小さいほうのトイレも自分でできていましたが、三重から東京までの宿泊を伴う外出を自分ができるか、不安でもありました。でも、これをクリアできたらかなり自信がつくと思い、集中講座への参加準備を進めていきました。

集中講座が開催される、東京都八王子市までの移動手段は、公共交通機関（電車）を使用しての移動でした。新幹線のチケットの手配は旅行会社に依頼し、現地の宿泊の介助などは有料で学生さんの介助者を依頼しました。いま思うと、この頃から行動力抜群ですね。

初めて一人で利用する新幹線はドキドキでしたが、駅員さんに丁寧に対応していただいて安心しました。また、行きの新幹線の道中、お弁当を食べようと思いましたが、一人で食べることが難しく、思いきって車内販売のお姉さんに食事をするのを手伝ってほしいと伝えました。

お姉さんからOKの返事をもらい、お姉さんと楽しくお話ししながら行けると思っていたら、後ろから車掌さんの声がして、

「僕がこの方の手伝いをする」

と言われました。お弁当は食べられたし、お話もできましたが、私のささやかな楽しみを奪われてしまいました（笑）。いまでは笑って話せるエピソードですね。

東京都八王子市までは、JR東京駅から在来線に乗り換えて、さらに1時間かかりました。施設を午前中に出発したのに、JR八王子駅に到着したのは16時ぐらいでした。

電車を降りてから、目的地までどの方向に進んでいいのかわからず、道行く人にこの方

向で合っているか確認しながら行きました。途中、警察にも寄りましたね。いろいろありながらも無事に到着することができました。

ピアカウンセリング集中講座は、2泊3日の日程でした。東京の障がい当事者の方とコミュニケーションさせていただき、たくさんの気づきがありましたが、そのなかで「三重県の福祉は小倉君がリードしていって」と言っていただきました。私が地域をリードしていかなければという気持ちにもなりました。

無事に集中講座を受講することができ、問題なく施設に戻れたことがすごく自信になりました。外出することがほとんどなかった障がい者の私が、泊まり込みで一人で東京に行ってこられたなんて、夢のような話ですね。私の大きな自信になった出来事でした。

○生きる目的を見つけるための教訓

「経験と能力を磨いて、ハンディを補う」

・ピアカウンセリング集中講座は多くの気づきがありました。一人で東京に行けたことが自信となり、地域の福祉に貢献したいと考えるようになりました。

【迫る退所と次のコマに進む準備】

私をとても成長させてくれた施設ですが、入所期間にはある程度決まりがあり、1年半から2年で次のステップに進まなければいけませんでした。つまり、これからどの道に進むのか、どうやって生きていくのかを考えていかなければなりません。

そのこともあって、施設に入所していた後半は、生活訓練よりも自分の住んでいる地域に帰る練習を中心にしていきました。

元々の実家が最寄りの近鉄の駅から電動車椅子で50分ほどかかり、生活していくためには現実的に厳しかったため、親は駅の近くのところに引っ越しを考えていました。その準備段階として、新しい家が建つまでの間にアパートを借りて、そこに帰っていく練習です。

そのときに考えたことは、もし親がいなくなっても生活をしていけるよう、ホームヘルパーさんにお風呂などの介助をお願いしようということでした。そこで、市役所の担当の方とコミュニケーションをはかり、鈴鹿市の社会福祉協議会のヘルパーさんに、お風呂や爪切りなどの介助をお願いすることにしました。

私は当時19歳ぐらいで、親以外の方に介助をお願いするのは抵抗もありましたが、自分の将来を考えると、いまのうちからヘルパーさんに介助を受けることに慣れていかないとあとで困るのは自分だと思い、実行していきました。親に自分のことであまり負担をかけたくない想いと、片親だったのもあり、早く自立しなければという想いも強かったです。

将来に向け、地域での人脈づくりにも積極的に取り組んでいきました。鈴鹿市にある大学をまわったり、自動車メーカーの本田技研工業さんの労働組合などにもコミュニケーションをとりにいきました。自分のボランティアサークルをつくりたかったですし、社会福祉協議会主催のサークルに参加するなど、地域での生活を視野に入れどんどん動いていきました。

施設の入所期間中に成人を迎え、地元の成人式にも出席しました。大人になったと身が引き締まる想いでしたね。成人のお祝いに、親にお寿司屋さんに連れていってもらい、そこで食べた大トロの味はいまも忘れられません。

その他、私が身障センターの入所中に取り組んだことは、近畿日本鉄道（近鉄）さんに、車椅子での電車の乗降時に使用する段差解消のスロープを各駅に置いていただくよう、要望書を提出しました。これは、現在実現できています。

また、ヤマハさんが開発した簡易電動車椅子の開発プロジェクトに参加し、ユーザーから見た意見をどんどん出していきました。百五銀行さんの本部の方と意見交換をし、ユニバーサルデザインに基づいた「ハンディがある方も使いやすいＡＴＭはどうしたらいいか？」など、近郊内の施設、機器の改善を話し合ったりもしました。さらに、より使いやすい福祉用具の考査、車椅子でも使用しやすい施設情報をまとめた福祉マップづくりなど、積極的に取り組みました。

施設の入所から2年と少しが経過した頃、施設入所当時に決めた、自分の名刺を配った人数も２００人以上に達していました。

こうしてそろそろ次のステップに進むための活動を展開しているときに、知り合いのボランティアさんから電話がかかってきました。

「小倉君、今度鈴鹿市に大きなショッピングモールができて、三重県社会福祉協議会が窓口になり、福祉の店【福祉の作業所で製作した授産製品を販売するお店】をオープンするらしい。いま、店長さんを探しているらしくて、そこの店の運営を中心にしていく人を知っているから、ぜひ小倉君を紹介したいんだけど、どうかな？　小倉君は、いっぱい勉強してきたのを知っているし、ぜひ推薦したいんだけど」

という、内容でした。

授産製品とは、作業訓練の一環として障がいのある方々が製作した製品のことをいうのですが、自分が名刺を配った人脈のなかからいただいた、就職のお話でした。しかも、中学生の頃に淡い夢を描いていた、ショッピングセンターでの勤務。ついに私の夢が叶うときが来ました。

その頃、福祉の道に進むことも考えていたのですが、憧れた念願のショッピングセンターでの仕事です。私自身もいつお話がきてもいいように、マーケティングや一連の知識はつけていたので、ある程度自信はありました。いまなら、ネックだった通勤もトイレも心配なかったので、福祉の道に進めばある程度は大事にされるだろうけども、より厳しい世界に飛び込んでいくことを決断しました。

不思議な巡り合わせなんですが、店の運営を中心にしていく作業所の所長は、私の祖母の知り合いの方でトントン拍子に話が進んでいきました。１９９６（平成８）年11月24日に施設を退所し、翌日ショッピングセンターを見学して、その次の日からショッピングセンターの勤務スタートという、あり得ない展開に家族もビックリでした。結果的に兄より就職するのが早かったです。

いろんな経験をしながら、やっとたどり着いた念願の就職。思い描いた夢は、課題をクリアしていきながら諦めず行動していけば、叶うものなんですね。長年の夢が叶って、嬉しくて、嬉しくてたまりませんでした。

ここから、約12年間に及ぶショッピングセンターでの勤務がスタートします。

〇生きる目的を見つけるための教訓

「諦めずに行動するから、夢は叶う」

・いろんな経験をしてやっとたどり着いた就職。どんな逆境でも努力を続けていれば、いつか道が開かれるときがきます。経験と努力は人を成長させます。

第4章　車椅子の店長

——努力にハンディは関係ない——

【社会への船出】

1996（平成8）年11月26日、この日が私の新たなスタートの日でした。

イオン鈴鹿ショッピングセンターベルシティ（現在の名称はイオンモール鈴鹿）は、イオンモールの5番目のショッピングセンターとしてオープンした場所で、全国のイオンモールのショッピングセンターとしては珍しく、「ベルシティ」という愛称が付けられていました。「I LOVE SUZUKA」をコンセプトに、地域のお客様に愛されるショッピングセンターにしようという願いを込めて「ベルシティ」という愛称が付けられたそうです。

通勤は、自宅から電動車椅子と電車を使い、片道40分かかりました。初出勤の日。ドキドキワクワクしながら従業員入り口に入ったら、入り口にいた警備員さんにある言葉をかけられます。

「おいおい君、ここは従業員が来るところ。お客様入り口じゃないよ」

私はすかさず、

「私は従業員です。仕事をしに来ました」

と返しました。

車椅子に乗った者が仕事をするということは、普通想定されていないというか、不思議そうな顔をされ、例えると「白鳥の群れのなかに、カラスが一匹迷い込んだ感じ」でした。

店に行くと、店の運営を中心にやっていく作業所の担当の方から、

「店の運営をすべてあなたに任せます。頼みましたよ」

という言葉が。いきなりすべて任せると言われても、何をどうしたらいいのやら、わからないままの手探りでのスタートでした。

私が店長として勤務した「福祉の店パレット」は、三重県社会福祉協議会が窓口となり、三重県内30ヵ所の福祉作業所の授産製品を販売するお店でした。売上から店が20%のマージンをいただき、残りの80%は仕入れ先の作業所にお返しする、委託販売の形態をとっていました。

私は、その作業所のなかで中心的にお店を運営する作業所から少し賃金をもらい、店での役割としては店長として、店の運営をすべて任されていました。賃金といっても、時給は３００円という厳しいものでした。

私は周りの皆さんに少しでも早く認めてもらおうと、次の課題を自分に課すことに決めました。「自分の出勤時間は、8時30分にする」こと。うちの店の営業時間は、10時から17時でした。他のお店の皆さんより早くお店を閉めるので、朝ぐらいは早く出勤をして、きちんと仕事をしようと決めたのです。

次は「2年間は、休みの日はなるべく勉強の時間にあて、誰にも負けない知識をつける」です。ハンディを持っているから人より努力をするのは当たり前。ハンディを補う実力をつけていって皆さんに認めてもらおうと、心に決めて実行していきました。

ショッピングセンターのオープンから1ヵ月間は、31日中26日勤務という激務をこなしました。とにかく必死でした。当時としては全国でも最先端をいくショッピングセンターで、毎日鬼のようにお客様が殺到しました。

うちのお店は、売れてもせいぜい月に6万円ぐらい売れればいいだろうと言われましたが、そんなお店が1ヵ月の間に叩き出した売上は75万円超。ショッピングセンターの事務所が設定した予算に対しての達成率は354%以上を記録！ 私のお店が入っていた文化雑貨部門でも、達成率はぶっちぎりのトップでした！ オープン特需があったとはいえ、予想以上の数字に一気に注目を集めていくことになります。

1ヵ月働いたお給料の半分は母に渡し、家の家計に入れました。退職するまでずっと続けました。初めていただいたお給料で、母に食事をご馳走してあげた瞬間はめちゃくちゃ嬉しかったです。長年の夢が叶ったのですから。

自分に毎朝8時30分の出勤を課して、釣り銭が保管してある事務所に釣り銭を取りに行くのですが、事務所の入り口はドアノブのドアで、電動車椅子の私はドアを開けて自分で入ることができませんでした。毎日、イオンモールのゼネラルマネージャーや課長さんなど、事務所の管理者の方がみえるまで、事務所の前で待っていました。

それが続いた3ヵ月後に、イオンモールの事務所からある提案を受けました。

「小倉さん、毎朝、朝早くから出勤して頑張っているね。小倉さんも自分で事務所のドアを開けられるように改良するから少し待っていてね」

事務所の入り口のドアを、ドアノブから横にスライドするドアに改良をするという提案でした。すごく嬉しかったです。このことは、イオンモール鈴鹿のショッピングセンターの事務所だけにとどまらず、それ以降にオープンしたイオンモールのショッピングセンターのすべてに適用されました。場所によっては、自動ドアになっているところもあるそうです。

「事務所をハンディがある人も使う可能性があるということがわかった」

と事務所の方が言ったので、この変化はすごいことだと思います。存在を知らなければ、そのまま何も変わっていかないということがわかった出来事でした。

オープンから半年後、専門店の店長会議にて私の頑張りを認めていただき、従業員表彰をしていただきましたし、私が雨の日も通勤しやすいように、電動車椅子専用の合羽をプレゼントしていただきました。

必死に頑張っていくなかで認めていただけたことがとても嬉しかったし、これをきっかけにして、私とコミュニケーションをとってくださる従業員さんも徐々に増えていきました。「カラスだった私が、白鳥に変わった瞬間」でした（笑）。

他にも、通勤で使っていた駅の改札も綺麗に改善されたりして、毎日利用することから波及していく変化も目の当たりにできたので、すごく嬉しかったです。

○生きる目的を見つけるための教訓

「努力し続けていると、周囲や環境も変わりはじめる」

・自分ができることを全力で取り組む。できることの程度は人それぞれですが、真剣に全力で取り組んでいると、周りから認められる日がくるのです。

【知識を武器に、情熱をエネルギーに】

私が仕事を始めてから、店の運営の知識をつけるために、いくつかの取り組みをしました。

最初の取り組みは、日本ショッピングセンター協会の「テナント店長養成講座」を受講したことです。

テナント店長養成講座は通信教育の講座でした。仕事をこなしながら家に帰宅してからの勉強は大変でしたが、ショッピングセンターの運営や店舗のコンセプト立案、それに基づく戦略の立て方、効果的なディスプレイの仕方、買い回りしやすい店づくりなど、さまざまなことが勉強できて楽しかったです。身につけた知識は実際に自分に試せるし、思い通りの結果が出たときは、疲れもぶっ飛ぶほど嬉しかったです。

テナント店長養成講座は8人の店長が受講されたそうですが、修了したのは私を含めて2名だったそうです。「難しい講座をよく修了したね」と褒めていただきました。

ほかにもある方の講演を聞く機会があり、その方が主宰されているマーケティングのカセットを毎月購入し、休みのときはそれを聞いて過ごしました。休みの日も、最初はなるべく知識をつける時間を割きました。カセットは専門のものなので、結構な出費でしたが、実力をつけるのが最優先と思い、頑張って勉強しました。

さらに、ショッピングセンターや小売業界専門誌を定期購読し、最新の業界動向などを知るための努力をしました。円滑な店舗運営のためには、最新の業界トレンドは知っておかないといけませんよね。知れば知るほど楽しくなってきました。

このようなことをしながら、必要な知識を身につけていきました。私はこの仕事が天職と言えるほど大好きなので、苦にはならなかったです。そして、一生懸命にやっていくうちに、ショッピングセンターの館内でも、「かなりの知識を持った人」と言われるようになり、他の専門店の店長から相談を受ける機会も多くなりました。

店の勤務にも少しずつ慣れてきた頃、私はあることを考えました。

うちの店を長く続けていくには、お客様の生活のなかにいかに溶け込み、認知され、店の製品をお客様の生活のなかで使っていただいて、その対価として、お金をいただく。この循環をいかに回していくか、これが成功の鍵だと思い至るのです。

福祉の授産製品は、それまで個々に開催するバザー等で販売をしていくのが主流でした。バザーでの販売では作業所の関係者や福祉に理解のある方にしか知られず、なかなか一般の方々の目に触れる機会は少なかったと思います。

大きなショッピングセンターで店舗を構えた以上その壁を乗り越え、本当の意味でお客様の生活を支え、貢献できるようにならなければ、ここに入っている意味がないと思いました。ですから、この店を一つの専門店として認知させることを目標にしました。

そこで、まずは店の理念をつくりました。

「福祉の授産製品を知っていただき、お客様の生活に役立つことを通じて、お客様の生活の質の向上に寄与する」

本当の意味でお客様から支持をいただく店を目指し、その対価としていただいたお金で、福祉作業所が少しでも潤えばいいと思いました。

これは、ある意味厳しい道です。ショッピングセンター内の競合するお店に勝ち、お客様に選んでもらわなければいけないのです。

でも私は、それを目指す価値はあると思いました。そして、店の理念に則した店のコンセプトづくりに着手しました。店のコンセプトがしっかり打ち出せていないお店は、お客様に選んでいただけません。

「うちの店は、福祉の授産製品のワンストップショッピングを提供する」

このコンセプトを元に、あらゆる福祉の授産製品を展開していきました。バッグ、革製品、木工製品など、雑貨を中心に衣料品、食料品なども網羅し、ここに来れば何でも揃う店を目指しました。取り扱いアイテムは500種類以上にも及びました。

仕入れから販売に至るまでの一連のマーチャンダイジング戦略を独自に立て、仕入れ先に提案などを行っていきました。他のお店の商品の価格調査や新しい商品の提案、競合するお店よりも早く商品を展開し販売するなど、自分が店の戦略を勉強しながら、その知識を総動員していきました。これは店長としての一番の腕の見せ所です。

同時に、専門店共同の新聞の折り込み広告、ダイレクトメール、ホームページ等のプロモーション戦略なども積極的に行って、店の認知度を上げていきました。

○生きる目的を見つけるための教訓

「情熱を味方にして必要な知識を身につける」

・夢が叶って人に認められてもそれで満足してはいけません。次のステップに進むために必要な知識を身につけることが大切です。

【店長は大変だ！】

私の一日の勤務スケジュールは、8時30分に出勤し、前日の売上の分析、仕入れ先との発注、商談。当日の計画の確認、スタッフへの指示。10時からお店をオープンし、午前の勤務。13時から14時まで昼食休憩のあと、14時から17時まで午後の勤務。その後、閉店業務と当日の売上の集計などをこなし、19時頃に帰宅というような感じでした。

帰宅後も各月、四半期ごとの販売促進計画の作成や店のホームページの更新なども行っていましたので、家に帰っても寝るだけみたいな生活を送っていました。このようなスケジュールをこなしながら、10年間無遅刻無欠勤で勤務していました。

オープン当初、うちの店のスタッフはボランティアさんを中心に勤務していただいていました。ボランティアさんのなかには、残念ながら意識の低い方もいて、自分の好きな時間にランチに行ったりするのでした。

うちのお店も、お客様から見ればショッピングセンターを代表するお店の一つです。その意識の低さがショッピングセンターの名前を傷つけてしまうことにもなります。私は運営をしている作業所に事情を説明し、ボランティアさんをスタッフとして入れることをやめて、勤務させるスタッフには、少しでも賃金をお支払いして、お店のスタッフとして責任や意識を高く持っていただくことを提案し、運営していきました。お店を円滑に運営していくには必要なことです。

先にも述べましたが、福祉の授産製品は私がやっていたお店などができるまでは、自分たちで開催するバザーなどで製品を販売していくのが主流でした。それだと、売れていくのは売れていくのですが、福祉に理解がある方々のなかでしか流通しません。うちのようなお店ができた以上、そこから脱皮していかなければいけないし、そのために、店のなかでの製品レベルの統一や戦略上のコストダウンなど、製品をつくる作業所にもさまざまなことを求めていきました。あまりにもレベルが低い製品は、お返ししたこともあります。そのなかで、作業所と衝突することもありました。ただ、私は何を言われてもよかったです。一般のお客様に販売していくには、そこを突破しないと成果は得られないですから、衝突した作業所の担当者の方に、

「私も毎日、時給３００円で頑張っているんです。必死に頑張って結果を出すので、協力してください！」

と伝えると、

「小倉さんがそんな安い時給で仕事をされているのは、知りませんでした。ごめんなさい。うちでもできる限りの努力をします」

と言葉をいただきました。

多くの福祉の作業所は、国からの補助金などで運営されています。でもその補助金は、国の財政状況に左右され、財政難になれば打ち切りの可能性もあります。

私はそこから脱却し、〝自分たちで、売って稼ぐ〟という意識を植え付けたかったのです。製品力があれば、誰がつくっているかなんて関係ないです。それを福祉作業所が担えるよ

うにしたいと思いました。

自分の力でお金を稼ぐということは、ハンディがある人もない人もみんな同じですよね。この理念は、うちの店でも少しずつ理解され、作業所の皆さんも私の協力者へと変わっていきました。本当に感謝です。

私が23歳だった頃、仕事のプレッシャーからなのか、突如、拒食症の症状にも襲われました。昼食時にご飯を食べれば気分が悪くなり、昼食後にトイレで嘔吐の繰り返しでした。唯一、当時専門店でショッピングセンターに入っていたドミニクドゥーセさんのバターロールしか受け付けない日が続きました。

もちろん、自分のお店のスタッフには辛い顔は見せず勤務をこなしていました。こういうことが1年ほど続きましたが、仕事の自信をつけていくにつれ、症状は治まっていきました。私は精神力が強いほうだと思うのですが、店を守るというプレッシャーからこのような経験もしました。

○生きる目的を見つけるための教訓

「お金を稼ぐことについては、ハンディがある人もない人も同じ」

・社会というフィールドでお金を稼ぐ条件はみんな同じです。ハンディがあってもこの理念を持って努力することが大切です。社会は甘くありません。

【時給３００円が最高のモチベーションに！】

前述の通り、私がいただいていた賃金は時給３００円というものでした。この数字を聞いて、皆さんはどう思われますか？

私も最初は、ハッキリ言って辛いと思っていました。福祉の店とはいえ、店長の仕事は他のお店と一緒です。私は仕入れから販売に至るまでのすべてにおいて責任を負っていたので、仕事量はそれ以上でした。

他のお店では、あまりやる気がないバイトの人でも自分より何倍もの時給をもらっています。最初はそれと比べてしまい、「何で？」という想いもありましたが、私は不満や不遇をも自分のモチベーションに変えていきました。

「自分の賃金がいくらなんて、お客様には関係のないこと。安くてもお金をいただいているということは、プロであり、お客様のために懸命に働くことが私の宿命。それなら誰よりも価値のある時給300円にしよう！」

と心に決めました。

私にはハンディがあり、普段の生活はいろんなサポートがいります。でも、仕事のときだけは自分のハンディを忘れられます。皆さんと同じ土俵で勝負できることが何より嬉しかったし、私にとっては一番幸せな時間でした。

よく考えてみたら、お金をいただきながらお店の運営のことを全部勉強できるなんて、こんなにありがたいことはないですよね。

皆さんは、このようなモチベーションで働けるでしょうか？　私が特殊な考え方なのでしょうが仕事ができることが幸せな時間でしたし、お客様のためにベストを尽くそうと思っていました。誰よりもプロ根性を大事にしようと思いました。

そんな決意を胸に秘め、懸命に働いていた1998年、同じ鈴鹿市に競合のショッピングセンターのオープンが決まり、私たちのショッピングセンターに対策プロジェクトチームが組織されます。

お客様満足を高めていくにはどうしたらいいか？　施設の改善や接客などのサービスの向上、働きやすい職場環境づくりなどを話し合う、ＣＳ（お客様満足）委員会が組織されることになりました。のちに、従業員満足も高めていくために、管理ＣＳ委員会へと発展していきます。

各専門店の店長が毎年持ち回りで選出され、仕事をしていくのですが、私はイオンの店長やスポーツオーソリティなど大型店舗の店長と同様に、常任委員として、１９９８年から仕事を退職する２００８年まで継続してＣＳ委員を務めることになりました。

大型店の店長さんと肩を並べて仕事をするなんて、不思議な感覚でしたが、私はハンディがある者の立場から、いろんな意見を出していきました。

最初に取り組んだのはお客様用のトイレの改善です。トイレの臭いの問題などを話し合い、改善策を練りました。なかでも、私の意見で実現したのは車椅子対応トイレの温水洗浄便座の設置でした。

当時は車椅子対応のトイレに温水洗浄便座がなく、私はハンディがある人たちが用をたしたときに、お尻を拭いたりすることの大変さを訴えました。また、「家庭にたくさん温水洗浄便座が普及しているにもかかわらず、このショッピングセンターのトイレにないのは、おかしい」

と意見を出しました。

ショッピングセンターの館内のすべての車椅子対応のトイレに温水洗浄便座を設置すると費用に60万円ほどかかると最初は渋られましたが、私は、

「チラシの費用を削れば捻出できるはずです。本当に喜んでもらえるところに費用を使いましょう！」

と意見を押し通しました。

このことから、のちにオープンするイオンモールのショッピングセンターの車椅子対応のトイレは温水洗浄便座の設置が標準になったそうです。一つの意見で基準を変えた出来事でした。

ほかにも、ＣＳ委員の仕事は多岐にわたります。

ショッピングセンター内に設置してある「お客様のご意見賜りカード」の意見を分析し、

施設の改善や苦情の対応、従業員の接客のレベルアップを目的とした研修の開催や従業員休憩室の改善、従業員対象の視察ツアーやクリスマスパーティーの企画など、お客様満足と従業員満足を高めるための取り組み、企画立案などをしていきました。

全国的に展開されている、毎月11日のイオンのイエローレシートキャンペーン（お客様が当日購入したレシートを登録された好きな団体に入れ、そのレシートの合計の1％がイオンから寄付される企画）では、通常はイオンの直営売り場のみのレシートが有効なところを、私がいたショッピングセンターでは、専門店のレシートも有効にしようという私の意見が通りました。

専門店のレシートが有効になると対象の店舗が大きく広がるため、店長さんは苦笑いでしたが、

「小倉さんの意見なら、聞かないわけにはいかないわ」

という返答をいただき、採用されることが決まりました。

また、私は愛知万博「愛・地球博」にも行きました。環境問題視察研修ということで、各従業員さんにも参加していただきましたが、視察の理由を考えるのは結構苦労しました

（笑）。会場はすごい人でしたが、私と一緒にいると待たずに各会場に入場できるため、私の後にいっぱい人がついてきました（笑）。

一方で、従業員対象のクリスマスパーティーでは、私が乾杯の音頭をとったり、ゲームの企画などを考えました。ビンゴゲームやクイズ大会など、従業員の皆さんに喜んでいただける企画を考えるのが楽しかったです。私専用のかぶり物（ちょんまげやサンタの帽子など）が毎年用意されていました（笑）。

ＣＳ委員の仕事を列挙してきましたが、一番気を使ったのがショッピングセンター内の安全対策です。多くのショッピングセンターでは、万引きや置き引き、痴漢、盗撮などの対策として、従業員の見回り強化や防犯カメラの設置など対策を講じています。私も、昼食の休憩の時間は昼食が終わった後、ショッピングセンター内を見回り、様子を見ていました。

従業員の電話対応のレベルを見るために、各専門店にお客様のふりをして電話をかけ対応を評価したりもしました。私が受け持ったお店がギャル系の服の専門店だったりして、どうしようかと悩んだりしました（笑）。普通なら絶対電話なんてしないから何を言えばいいかわからないのです。

苦労の多いＣＳ委員ですが、委員会が開かれるときは、労いの意味でケーキとコーヒーが出たので、嬉しかったです。会議前に事務所から好きなケーキをどれにするか、連絡をもらったりもしました。

ＣＳ委員会の日は、他の会議もあり、３つの会議を一日でこなさなければならなかったので、３つ目の会議のＣＳ委員会に出されるケーキでホッとできました。ただ、ある意味、眠気との闘いでもありました（笑）。

〇生きる目的を見つけるための教訓

「プロ根性で、不満や不遇をモチベーションに変える」

・いつの時代でもそれまで守られてきた基準はなかなか変えられません。それでも誰かが声を上げることで変わったり、見直されることがあります。常にプロ根性を大切にして現状を変える努力をしましょう。

【ハンディキャップ店長の細腕奮闘記】

うちの店は、心にハンディを抱えている方の就労の場でもありました。

比較的ハンディの軽い方もいて、販売の仕方をレクチャーしていきました。

私が見込んだ方は、朝8時から店に来てもらい、いろんなことを覚えました。マンツーマンで教えてくうちに、本人がやる気を出し変わっていく姿を見て、本当に嬉しかったです。うちで勤務したあとに、一般の小売店や企業に就職した方もみえます。結婚をされ、子どもも産まれて母親になった方もいます。

私ができたことはほんの少しのことかもしれないですが、その方の人生に少しでも貢献できて、嬉しかったです。

「小倉さんと一緒に仕事をしていると自分がなんで悩んでいたのかって思う。もっと前向きに頑張ります！」

こんなことをいってくれた方もいました。この言葉がすべてを物語っているのかもしれないですね。

またあるときには、ＮＨＫや鈴鹿のケーブルテレビなどで一日密着取材を受けたこともあります。

通勤から、オープン前の準備、営業中から昼食、事務処理など、一日の仕事や休憩の風景などをカメラで撮りながら取材を受けました。全国でも私のような障がい当事者が店長として勤務をしているケースは珍しかったそうで、注目を集めたと思います。

ただ、どうしてもお涙頂戴の方向に演出されるのは嫌で、普通に皆さんと仕事していることを伝えたかったです。

取材後は、売上も30％ほど伸びて、普段来店されないお客様にも来ていただけました。店を知っていただける良い機会になったと思います。ＮＨＫの取材の模様は全国に放映されました。

ショッピングセンター内にテナントとして入っていた化粧品専門店のザ・ボディショップの店員さんが、お店のコミュニティ活動としてボランティア活動に力をいれたいと、その一環として、月に一度午後の時間帯にうちの店のお手伝いをしていただく時間がありました。

ボディショップの社員さんやバイトさんと一緒に仕事をする時間は楽しかったです。

ダイレクトメールの作成や商品のPOPなど、いろんな仕事をしていただきました。私もボディショップさんにも、よくお客として買いに行っていました。

逆に私が〝外〟に手伝いに行くこともありました。

うちの店がオープンしてから半年後に、イオンの内部の広報誌にうちの店のことが紹介されました。福祉の授産製品の販売に、一般の専門店が行うマーケティング戦略を取り入れ、顧客獲得に成功していることなどが書かれました。

イオンモールのショッピングセンターで福祉の店がオープンしたのは私の店が初めてで、その後にオープンしたイオンモールのショッピングセンターにも、同じく福祉の店がテナントとして入るような形になっていきました。

そういった経緯から、新しくオープンする福祉の店の運営のサポートも少しさせていただいていました。毎月、電話をしてサポートさせていただいたお店もありましたし、イオンモールの本部から、

「福祉の店のことは、鈴鹿の小倉っていう人に教わったらいい」

と言われて、オープン前に3日間研修に来られたお店もあります。

うちのノウハウを勉強されて、うちの店の売上を超えたお店もあります。嬉しさもありましたが、売上を抜かれるとやっぱり悔しかったですね（笑）。

全国どこであろうと、私がつくり上げたノウハウはどこでも通用するとわかり、とても充実感がありました。苦労して勉強してきてよかったです。


ほかにも、年に一度、専門店のオーナーさんや店長さんなどと一緒にショッピングセンターの視察研修に出かけたりもしました。視察研修時の宿泊のサポートは、イオンモールの事務所の方々が中心になりしてくださいました。

23歳の頃、九州のショッピングセンターの視察研修に出かけたときは、人生で初めて航空機に乗りました。私たちハンディがある人は、他の乗客の方よりも先に航空機に搭乗になります。客室乗務員さんがズラリと並んで、お出迎えしていただきました。嬉しかったです。

視察先では、ショッピングセンターの視察の他に、観光も兼ねていたのでいろんな観光地にも行きました。

視察先は、九州の他にも、岡山県、関西方面（大阪府、兵庫県、京都府、滋賀県など）や、関東方面（東京都、千葉県、神奈川県など）や、北陸方面（石川県、富山県など）、全国各地のショッピングセンターをまわり、同じイオンモールのショッピングセンターや競合他社のショッピングセンターを視察することができました。

視察は観光バスでの移動も多く、バスに乗るとお菓子が配られ、まるで遠足気分でした。バスのなかで他のお店の方と話したりする時間も楽しかったです。カラオケも歌ったりしました。また、視察先で私が自由に動けるように、私の電動車椅子もバスに積み込んでいただきました。そのために、一番大きな観光バスをチャーターしていただきました。

視察先の夜には皆さんと食事やお酒を飲みましたが、私はハンディがあって動けないので、皆さんが私のところに来て、お酒を注ぎにみえました。

たくさん飲むのは少しキツいときもありましたが、皆さんの気持ちがとても嬉しかったです。

ホテルなどの就寝の介助もサポートしていただきましたが、そのときに、

「よくこんな細い身体で仕事できるね。みんな小倉君を応援しているからさ」

と言っていただき、嬉しかったです。

私がいろんなところに視察研修に行くことができたのも、周りの皆さんのサポートのおかげ。本当に感謝でした。皆さんに大事にしていただいていた証拠ですね。

○生きる目的を見つけるための教訓

「仕事への奮闘が世界と人脈を広げる」

・仕事で得られるのはお金だけではありません。さまざまな経験や人との出会いもまた、仕事に奮闘するうえでの大きな喜びとやりがいです。

【笑顔と幸せにあふれたいつも楽しい私の店】

店のお客様とのエピソードをご紹介します。

うちの店では、ヨモギの葉を乾燥させて袋に詰めた「ヨモギの入浴剤」を販売していました。

ある日、ご家族にアトピーでお困りのお客様が来店されたので、ヨモギの入浴剤を提案させていただきました。

翌月、そのお客様が再来店され、

「いままで何を試してもアトピーの症状が良くならなかったけど、この商品を試したら調子が良くなりました。これから定期購入させていただきます」

との声をいただきました。その言葉が何より嬉しかったです。個人差もありますが、体質に合ったのでしょう。私が立てた店の理念「お客様の生活に貢献する」ということが達成できた瞬間でもありました。そのお客様は長年にわたり、うちの店の優良顧客になっていただきました。

このエピソードは、ショッピングセンター内で開催されたお客様との接客エピソードの発表会の機会にお話させていただき、優勝することができました。ほかにも、

「店長の笑顔を見に来るのが楽しみ！」

と私の顔を見に定期的にご来店されるお客様もいました。遠方からみえて、毎月一万円ほど商品をお買い上げされるお客様や「店長の顔を見ると元気が出るから」と定期的にご来店されるお客様も。

もう、うちの店は一つのコミュニティとして、立派にショッピングセンターの内で役割を果たしていたんだと思います。どんなお店もそこを目指しているはずです。究極の店の存在価値はそこにあるのですから。

あるとき、私が生まれるときに、出産に立ち会った病院の看護師さんが来店され、商品を購入されていったそうです。私はそのとき、たまたまトイレに行っていたので、直接お話できませんでしたが、

「あのときは、本当に大変な出産でした。あんなに立派に仕事されて……。本当に良かった」

と話されていたそうです。私が成長した姿を見ていただけて、本当に良かったです。お話できなかったのが残念でした。

続いて、専門店の従業員の皆さんとのエピソードをご紹介します。

私が昼食などや休憩などで従業員休憩室にいるときは、私の隣の席には次々と人が来ていました。仕事の悩みや恋愛などプライベートなことまで、いろいろ話を聞き、

「小倉さんと話していると楽しいし、落ち着く」

と言っていただけて嬉しかったです。女子の従業員さんもたくさん来ていたため、

「どの人が、小倉さんの彼女なの？」

と言われていました（笑）。残念ながら、一人も私の彼女はいませんでした。ぶっちゃけると、好きな人はいました（笑）。当時は告白する勇気がなくて、気持ちを伝えられませんでした。そんな私の状況を読み取ってか、

「小倉さんも仕事ばかりしていないで、遊びに行かないとダメ」

と私を遊びに連れ出してくれた方もいました。みんなでカラオケボックスに出かけて歌ったりする機会や、私を介助して乗用車に乗せて、食事や映画を見に行ったりもしてくれた仲の良い従業員さんもいて嬉しかったです。私が勤務を始めた頃とは大違いですね。本当に優しい従業員の皆さんに囲まれて幸せでした。

ある従業員さんが高校生のときに、通学で利用する電車が私の通勤電車と一緒だったそうで、私がどんな天候の日も電車に乗っていたのを見かけていたらしく、

「この方は、毎日どこに行っているんだろう？」

と疑問に思っていたそうです。その後、その従業員さんが高校を卒業し、私が仕事の休憩中によく利用していた喫茶店で再会することに。

「私、ずっと高校生のときからずっと小倉さんのことを見ていました。『毎日、どこに行かれているんだろう？』と思っていました。このショッピングセンターで仕事をされていたんですね。店長さんをされているなんて、すごい！」

世間は狭いなと思った出来事でした。そして嬉しかったです。見ている人は見ているんですね。それからその従業員さんは、休憩時間にコーヒーを飲みに行くといつも笑顔で私を迎えてくれました。

ほかにも、転勤されてきた店長さんにこんなことを言われた経験があります。

「小倉さんって、失礼だけれども、これだけ体にハンディがあるのに店長をされているなんてすごいし、実力がある証拠。ぜひ、友だちになりたいです」

この出来事で私はあることに気づきました。マイナスな部分を抱えながらも、自分の役割を果たし、社会のなかで実績を残せば、そのマイナスな部分が自分の武器になることです。

ハンディがあるという、マイナスな部分がプラスに変わった瞬間でした。

確かに、私は誰よりも早く顔と名前を覚えてもらえるし、たくさんの方々が私に会いにも来てくれます。これは私が持っている特性でもあります。ハンディがあることを、マイナスに見るか、プラスに見るかは、捉え方一つで変わるので、自分自身ができるだけプラスに捉えるような癖をつけようと思いました。

どのエピソードも、たくさんの思い出が詰まっています。いろんなことがあって成長していきました。そして、お客様にも従業員の皆さんにも、

「小倉さんは、いつも楽しそうに仕事をしている」

と言われていました。

○生きる目的を見つけるための教訓

「一見してマイナスなことも、プラスに捉える癖をつける」

・ハンディがあることはもちろん大変です。しかし、それをマイナスに見るか、プラスに見るかは、捉え方一つで大きく変わります。

【イオンモールでのあれこれ】

ショッピングセンター内の行事などもいろいろありました。

●店長会議、業種部会、出店者協議会総会などの会議

各お店の店長が集まり、毎月の振り返りと今後の全体の戦略などが発表される店長会議や各業種別に分かれて、各お店の戦略に関する取り組みなどを話し合う業種部会、専門店のオーナーが集まり、年間の結果や次年度の戦略発表がある出店者協議会の総会などにも、他の専門店と同じように出席していました。

店長会議では、売上成績が良かった月は取り組みの発表で3分スピーチをよくやっていました。

業種部会では、うちの店は文化雑貨の業種に入っていて、無印良品やディズニーストアなど、有名な専門店の店長さんと一緒に会議をしていました。

出店者協議会の総会では、イオンモールの本部の方や専門店のオーナーさんとコミュニ

ケーションをとらせていただける機会がありました。

●クリーン&グリーン活動でショッピングセンター敷地内の清掃活動

ショッピングセンターの敷地内を従業員さんたちで清掃活動をする、クリーン&グリーン活動にも参加していました。敷地内にはいろんなゴミが落ちていて、大変だった思い出があります。なかには、明らかに家庭ゴミと思うものもあって、困惑することもありました。

●「育樹祭」に参加

年に一度、4月29日に、お客様とショッピングセンターの敷地内に植えてある木々に肥料を散布する育樹祭という行事もありました。

育樹祭では、お客様誘導のサブリーダーの役割ができて楽しかったですが、その日は7時30分出勤で疲れた思い出があります。そのあとに普通にお店開店で忙しかったです。

●避難訓練に参加

ショッピングセンター内では、災害時に備えて自衛の防災組織があり、私のお店も区画の車椅子ヘルパー班の責任者を担当していました。

万一の災害発生に備えて、年に二度、春と秋に避難訓練もあり、参加していました。

自宅から職場までの通勤のときもいろんなことがありました。

専門店の従業員さんとも、同じ電車での通勤の方もみえて、一緒になることもありお話ししながら通勤することもありました。「今日も一日勤務頑張ろうね」とか「休憩のときに食事しに来てね」とか、コミュニケーションをとる時間が楽しかったです。

通勤途中に、女子高生が乗っている自転車と、相手の前方不注意でぶつかってしまったことがありました。翌日、その女子高生が私のお店に来てくれて、昨日自転車でぶつかったことを謝罪してくれて、商品も購入してくれました。

「よく私のお店がわかったね」

と聞いてみると、

「結構有名な方なので、みんな知っていますよ」

との返事でした。私が知らないだけで、みんな私のことを知っていたんですね。
バレンタインデーの日に、駅で帰りの電車を待っていたら、後ろから、

「店長、お疲れ様」

と声がけがあり、チョコレートをいただいたことがあります。チョコレートをくださったのは外国人の方でした。不意のプレゼントが嬉しかったです。

約12年の勤務のなかで、一度だけ雨の日に自動車と接触事故に遭った経験がありますが、そのときは、朝の勤務が私一人だったので、病院に行くのは後回しにして、そのまま一日勤務をこなしました。

あのときは、自分の体のことよりも「店を開店させなければ！」という気持ちが強く、アドレナリンがいっぱい出ていました。職場のみんなには怒られちゃいましたけど……。

アクシデントもありましたが、通勤時の電車乗車は、親切に対応していただいた近鉄の駅員さんのサポートがありがたかったです。降りた駅で、雨が降っていたときは、合羽も着せていただきました。鈴鹿市役所からも、近鉄さんに「私のサポートをしっかりやってください」という話がいっていたそうです。皆さんの協力のもとに、いろんなことが成り立っていました。

○生きる目的を見つけるための教訓

「一人では難しいことも、周囲のサポートが可能にする」

・夢が叶ったり、物事がうまく進むのは自身の努力だけではありません。周りの人たちの協力で成り立っていることを忘れずに。

第5章　人生の挑戦

——障がい者だからこそステップアップを目指す——

【障がい者を取り巻く不都合な事実】

店の売上のピークはオープン３年目の年間約３６７万円でした。うちのお店の商品の１点あたりの単価は平均３５０円ほどだったので、年間1万点以上の商品を販売していたことになります。オープンから2年目に売上が順調だったため場所の良いところに移設されて記録した数字でした。

その後も順調に売上を記録していきましたが、少し売上が落ち始めた頃に、当時の上層部の判断で、うちの店はかなり場所の悪いところに移設を余儀なくされることに……。ある意味では当たり前のことなのでしょうけど、厳しかったですね。

お客の流れがない場所での営業になり、さらに売上が悪くなるという悪循環に陥りました。そうすると、イオンモール事務所からの評価も落ちていき、

「小倉さん、この仕事向いてないんじゃないの?」

と個人攻撃を受けることもありました。このとき、本当に辛かったです。店のスタッフには、辛い顔は見せられず、家に帰って寝ているときに、仕事の夢を見てあまり快眠でき

ない日が続きました。

良い解釈をすれば福祉の店の枠を飛び越えて、実績オンリーで評価されるようになったということですが、店の数字を残していく厳しさを味わった出来事でした。

店の移設も辛かったのですが、２００６（平成18）年にダブルパンチで大きな影響を受ける出来事が起こります。障害者自立支援法という法律が施行され、私が賃金をいただいていた作業所も、その煽りをモロに受ける事態になったのです。

その頃は、時給３００円から５００円にアップしていて、月に８万円ほどの賃金をいただいていましたが、自立支援法の施行後は作業所に入るお金がカットされていたので、月に１万５千円しか払えないと言われました。

しかも月に10日しか出勤してはダメと言われました。店の計画も仕入れもすべてコントロールしなければならない立場なのに、私は職を失いかけそうな事態に陥ったのです。普通の人ならあり得ないことが、私たちの身には降りかかってきます。国の制度の影響をモロに受け、いままで必死でつくり上げたものを一瞬で壊された心境になりました。私は、本当にどうしていいのかわからず混乱しましたが、人脈をたどって、国会議員に現状を訴えて、国会で私の事例を発表していただきました。

このときに、仕入れ先の作業所の皆さんも私の味方についてくれて、いろんなところに働きかけをしていただきました。本当に感謝でした。

そのときもお客様に迷惑はかけられないと、無給でも仕事に行っていました。自分のことよりお客様を守ることで必死でした。全国的にもいろんな悪影響があったみたいで、いろんな方々が声を上げたのか、1年後には元通りになりましたが、国の施策一つで仕事まで奪われかねない状況に陥ってしまうことに、ハンディがある方々の生きにくさを感じた出来事でした。ハンディがある方々に、普通ならあり得ないことが起きてくる現状を変えていきたいです！


私が店に勤務していた終わりの頃の2007（平成19）年頃に、運営資金を出していた三重県社会福祉協議会から、あることを聞きます。

「福祉の店の運営費を赤い羽根共同募金から捻出してきたけど、共同募金のお金を福祉の店の運営費に使う理由付けが厳しくなってきたので、今後、店の運営費の捻出を打ち切る可能性があります」

私は耳を疑いました。

あくまで疑惑の範疇とはいえ、全国の社会福祉協議会が行っている赤い羽根共同募金の使い道について、ネット検索すると「怪しい赤い羽根共同募金」などと出てきます。私が見たのは、韓国の料理教室や町内会の旅行資金として募金のお金が使われているようなケースが書かれていました。テレビ番組で特集されている動画がYouTubeにも出ていました。

これはどういうことなのでしょうか？　募金の使い道は、いったい誰が決めているのでしょうか？　共同募金のお金が福祉の店の運営資金に使われていくことのほうが、本来の募金の趣旨に合っていると思いますが……。

そういえば私の店でもこんなことがありました。三重県社会福祉協議会の方たちがうちの店に来て、

「マカオに研修旅行に行ってきたから」

と私にお土産を持ってきたことがありました。私は腹が立って、

「そんなものはいらない！　お帰りください！」

と言い、そのお土産は突き返しました。マカオに研修旅行って、いったいどんな研修を

してきたんでしょうね？　ふざけるのもいい加減にしてほしいです！

福祉の店は、顧客も３００名ほどできてお客様はもとより、作業所の授産製品の販路の一つとして、大きな役割を果たしてきました。私が約12年間勤務している間に、積み上げた売上は１３００万円以上でした。これだけの額を自分たちで売ってきたのです。売上の80％は、仕入れ先の作業所にお支払いしてきたので、いかに大きいことかわかっていただけると思います。

それに、精神的なハンディを持たれた方の就労の場としても役割を果たしてきているのに、運営費を捻出する理由がないからと、本来なら一番私たちの味方になってくれなければいけない人たちから信じられない言葉が出たのです。

まさに「一番の敵が一番近くにいた」のです。

店のオープン当初の３年間は、３００万円ほどの予算が店の運営費として組まれていたそうですが、４年目からは１００万円に減らされ、最後はこの始末です。福祉の店は、オープンのときでその目標は達せられ、長く続けていこうという考えがなかったのです。私は、それではダメだと必死に頑張ってきたんですが……。本来は、いかに店を長く続けていくかが大事なのに。自分で見つけ、育ててきた私の大切な場所を守りたかったのに……。

その事実がショックであると同時に、私は自分の今後の身の振り方を考えなければいけない状況に一気に追い込まれてしまいました。

○生きる目的を見つけるための教訓

「普通ではあり得ない壁にぶつかるのも、現実」

・近年はハンディがある人に優しい社会になってきましたが、それでもまだ生きにくさを感じます。それは障がい者を取り巻く不都合な事実があるからです。

【これも私の人生】

福祉の店が存続の危機になってきたため次の就職先を探そうと、イオンモールの事務所での雇用が可能であるか、直談判してみました。仕事の実績を残してきたことは一番わかっていただいていると思っていたので、何とか障がい者雇用枠での採用はしていただけないかなど、自分でできる交渉はしてみましたが、返事をはぐらかされてばかりでした。

ショッピングセンターでの勤務を続けることは難しくなりました。約12年間の実績は、認めてはいただいているものの、実際の雇用となるとなかなか難しく、その現実に直面したのです。

「やっぱり体にハンディがあると一般就職は難しいのか……。ここまでやってきて、それなら仕方ない」

と私はすっかり諦めていました。本当は、このままの環境で仕事を続けたい気持ちでいっぱいでしたが、私の気持ちだけでは実現しませんよね。

そんな気持ちも沈みがちになっていたとき、ある方が来店されました。

「私は、福祉機器（手動車椅子、電動車椅子やハンディがある方の生活の環境を改善する機器など）の営業の会社をやっている者ですが、よかったらうちで働きませんか？　あなたの仕事ぶりは、ずっと見ていました。電動車椅子などの営業を任せたいです。ぜひ、うちに来てくれませんか？」

私の仕事ぶりを見ていただいて、こんなお誘いをいただけるとは、夢にも思いませんでした。きちんと評価してくれる方がみえるんだと思いました。

私はお誘いを受けることにしました。

そして、福祉の店を退職する２００８（平成20）年3月を迎えます。

２００８年3月31日を最後に福祉の店を退職することが決まり、3月の店長会議で挨拶のお時間をいただきました。

「私は、約12年間福祉の店で必死に勤務してきましたが、このたび一般の福祉機器を扱う会社に就職が決まりました。私のようなハンディを抱えた者が、やっと一般の企業に勤めることが叶います。ショッピングセンターで経験したことを生かして頑張ります」

たくさんの方から、拍手と「おめでとう！」のお声をいただきました。

最後の勤務の日は、イオンモールの営業課長に呼ばれ、30分ほどお話をさせていただきました。

「小倉さんが勤務した12年の間にイオンモールに残した功績はめちゃくちゃ大きい。福祉の店を育ててこれまで残した実績があれば、どの道に進んでも結果は残せるはず。頑張って！」

いろんなことがあったけど、たくさんの仲間に出会え、また人間としても大きく成長できた、福祉の店での勤務。

約12年の間にいただいた賃金は、８００万円超です。一般の賃金の水準からしたら驚くほど低いかもしれないけど、私が実際働いて稼いだお金です。これはめちゃくちゃ尊いことです。お金を稼ぐことの大変さも学べたし、お金の価値も身に染みてわかりました。

自分が望んで進んだ販売の仕事だったし、とても充実していました。自分がやりたい仕事に就ける方ってどのくらいいるんだろう？　天職と思える仕事に出会えて、実際に勤務できたことに感謝の思いしかありません。

本当に感謝です。お店は残念ながら私が退職して約一年後に閉店しましたが、たくさんの思い出が詰まった約12年間を過ごせて本当に幸せでした。

○生きる目的を見つけるための教訓

「充実感を持って全力で取り組める仕事こそ、天職」

・結果として販売の仕事を辞めることになりましたが、やりたい仕事を経験し、全力で取り組むことができたことに感謝です。

【2回目の就職】

イオンモールのショッピングセンターを退職し、福祉機器の会社へ就職ということになり、住まいの鈴鹿市から会社のある津市へ電車で通勤しました。

営業先が三重県熊野市のほうだと、始発の電車で会社のある津市に行き、そこから車で熊野市へ6時間ほどかけて行かなければならず、クタクタになった覚えもあります。

各病院のケースワーカーさんとのコミュニケーションを通じての営業活動や病院の患者さんに実際にお会いして、お話をさせていただく機会もありました。そのなかで、ＡＬＳ（筋萎縮性側索硬化症）など進行性の病気の患者さんの対応では、ご家族の方から、

「数ヵ月前までは健常な体だったのに、突然こんな病気になってしまって……。いま、この福祉機器をお願いしても、どんどん病状が進行していって、きっと使用できなくなると思います。人一倍健康には気をつけていたのに……。日に日に状態が変化していくのを見ているのが辛いです」

そのことを聞いたときに、私はまだ幸せだと思いました。私にはハンディはありますが、

それ以降は大きな病気もなく、命の危機にさらされることもありません。この方たちのことを考えたら、私にももっとできることがあるはず。「ベストを尽くそう！」と思いました。

ところが、勤務していた会社の社長さんが仕事の移動中に交通事故に遭われて会社が続けられなくなり、就職から約半年で解雇という事態になりました。念願の一般企業への就職でしたが、このような形で退職となりました。ついていなかった部分もありましたが、これればかりは仕方ないですね。

その後、市役所の試験なども受けたりもしましたが採用されず、たまに依頼をいただく講演活動などを中心に仕事をしています。私たちハンディがある者は、いったん道から外れてしまうと、再就職は難しいのが現状です。何とかこの状況を変えていきたいです。

高校を卒業して、翌年に母校で行われた「卒業生の話を聞く会」に呼ばれたのをきっかけに、私は講演活動も展開しています。

講演の内容は、学校や行政向けの人権に関する講演、市民向け講座、企業研修、三重県主催のガイドヘルパー養成研修会の講師、小学校での電動車椅子サッカーのデモンストレーションを活用した道徳の授業など、多岐にわたります。

トータルで考えると、100ヵ所以上という講演の場数を踏んできました。2000（平成12）年に松阪で行った講演が新聞の記事になり、全国報道保存協会から末長くこの記事を保存するものと推薦を受けたこともありました。

私が講演をした人権・解放講演に参加された方からのアンケートには、「自らが活動していくことで、周囲が変化をしていくこと。お互いの助け合いの精神がなければ成り立つものではないと思いました。地域のなかで、障がいのある人もない人も含めて、子どもから大人までが助け合いながら生きていけるための環境づくりは自らが行動しないと始まらないと思っています。ただ講演を聴くだけではなく、自分に何ができるのか、小さな種まきで大きな実を実らせて花を咲かせる。一人ひとりが暮らしやすい地域になるのではと感じています」といった感想や、「障がい者だからと何でも要求するのではなく、自らが進んで道を開いた講師の努力と行動を賞賛したい。その魂は尊い。何でも悪いことは他者のせいにする風潮の多い社会に、また障がい者も障がいをかくれみのにしているのか、無理難題をいう人に喝ですね。話はゆっくりでストーリーもわかりやすく、良い講演でした」など、私の講演をお聴きいただき、良い影響を与えることができていることがわかって嬉しかったです。

パネルディスカッションなども経験があります。講演やパネルディスカッションでは、障がいを持っていても前向きに生きることの大切さや自分の役割を見つけて責任を果たすことの大切さなどをお伝えしています。

講演の場所は三重県内にとどまらず、東京など県外の方々から依頼を受けることもあります。この活動は、今後も継続していきます。私のメッセージがより多くの方々の心に届き、世の中が少しでも良くなっていくことを願っています。

講演の話を聞いて「素晴らしかった」で終わってはダメなんです。多くの気づきから実際に動きが出て、世の中が変わっていかないといけないんです。そういう動きをつくっていきたいです。

○生きる目的を見つけるための教訓

「『素晴らしかった』で終わらせてはダメ」

・障がい者の現状を発信しても、それだけでは不十分。多くの気づきから実際に動きが出て、世の中が変わっていかないと意味がありません。

【より収入を得るためのステップアップチャレンジ】

イオンモールのショッピングセンターに勤務していた頃、仕事は充実していたものの得られる収入は少額だったため、将来に対する不安に襲われました。職場で健常者の皆さんと仕事をしていて刺激は受けるものの、私の状況で普通に収入を得ていくにはどうしたらいいかを悩み続けました。

皆さんと同じで恋愛や結婚もしたいなという淡い期待や想いもありましたが、当時の収入ではそこまでのことにはならず、また収入が少ないことで引け目を感じる部分もあり、自分に自信が持てず、人知れず悩んでいました。

そのようななかで、経営コンサルタントの国家資格である中小企業診断士試験の本に出会います。

中小企業診断士はとても難易度が高く、私の学力でチャレンジするのは無謀かとも思いましたが、このハンディがある体を補い、社会のなかで稼いでいくには誰でも簡単に取得できるような資格では意味がないと思い、チャレンジを決めました。

普通ならこのような資格は、予備校などに通い取得する方が多いと思いますが、私の状況では通うのが難しいため、通信教育や独学で試験勉強をすることを決めました。こうして、ショッピングセンターでの勤務をこなしながらの試験勉強がスタートしました。

中小企業診断士試験の科目は、「経済学・経済政策」、「財務・会計」、「企業経営理論」、「運営管理」、「経営法務」、「経営情報システム」、「中小企業経営・政策」(私が受験した頃は、「新規事業開発」や「助言理論」もありました)と多岐にわたっていました。

第1次試験の合格基準は、総点数の60%以上で、かつ1科目でも満点の40%未満がないことを基準とし、試験委員会が相当と認めた得点比率です。科目合格基準は、満点の60%を基準として、試験委員会が相当と認めた得点比率です。

とりあえず、仕事をしながら通信教育で勉強を始めました。お店の仕事をこなしながら、家に帰って勉強の毎日を2年間続けました。いままで触れていなかった部分もたくさんあり、理解するのに時間もかかりました。家での勉強だけでは時間が足りず、仕事の合間にも勉強をしていきました。

とにかく必死に頑張らないと、自分の状況は変わらないので、辛くても取り組みました。勉強をしていくなかで、知識が広がり仕事に活かせる部分も多くあり、それはそれで良かったです。

一通り勉強を終えて、受験をしようと思っていたのですが、「ハンディがある私が受験しても大丈夫なのか？」と別の不安が頭をよぎりました。解答までに時間がかかることも予想していたので、試験時間などの優遇措置があるのかなど、疑問点を中小企業診断士試験の実施機関である中小企業診断協会に電話で問い合わせをしてみました。

電話してみると、

「車椅子の方が受験されたケースがないです」

という返事でした。私は、

「今後私だけでなく、体にハンディがある方が受験されるケースも出てくると思います。受験の受け入れと、試験時間などの優遇措置を検討してください」

とお伝えしました。

私の要望が通り、試験時間の優遇措置が実現できました。嬉しかったのは、私が初めて受験した次の年に、すぐにハンディを持った方が受験されていたことです。私はここでも基準を変えることができました。私はそういう星の下に生まれたのかな？

中小企業診断士試験は、毎年5月に受験の申し込みをし、8月の第1週の土日に試験がありました（２０２０年度は7月に実施）。私の受験地は名古屋でした。２日間とも10時から17時までの試験で、夏の暑い時期だったのもあり、肉体的にも精神的にも、クタクタになったのを覚えています。

　初めての受験のときに、試験官の方が最初は「こんな方が受験をして大丈夫なのか？」みたいな感じで見ていましたが、１次試験の日程を終えたときには、

「中小企業診断士になる道のりは大変だけども、きっと小倉さんにしかわからない問題はあるはずだし、ハンディがあるからこそ発揮できる能力もあるはずです。ぜひ頑張ってください」

　と言葉をかけていただきました。この言葉を聞いたときすごく嬉しかったです。私が一生懸命に取り組んでいたのが伝わったのかな？

　このあとも、４年ほど続けて受験しましたが、私の実力不足で１次試験は合格できませんでした。でも、取り組んだことには後悔はないです。知識は広がったし、物事を多面的に考えられるようになりました。知識があるからこそ、いろんな判断ができる。学校でも判断力を養うためにいろんな勉強をするのですから。

○生きる目的を見つけるための教訓

「知識を広げて、多面的な判断力を養う」

・いまよりもステップアップするにはチャレンジあるのみ。新しいことに取り組むことで知識が広がり、物事を多面的に考えられるようになります。

【甘く切ない恋物語】

いままで、自分の努力してきたことや仕事の取り組みなどを書いてきましたが、その時代時代で、私も好きな人ができたり、少しの間でしたが恋愛関係になった方もいます。

小学生の頃は、結構恥ずかしがり屋で、女の子と話すのも勇気がいりました。学生時代は、恋愛とかはありませんでしたが、好きな先生はいたりもしました。施設に入ってからも、いいなと思った方はいたのですが、自分に自信がなく、想いを打ち明けることはできませんでした。

そして、ショッピングセンターに就職して、いろんな方に出会いました。「いいな～」

と思っている人から恋愛相談をされ、自分の想いが砕け散る経験もしました。好意を抱いているお相手に彼氏や彼氏候補がいた時点で、気持ち的に引いてしまう性格なので。

この頃にすごく好きな人がいたのですが、その人が、ショッピングセンターを辞めて、ワーキングホリデーで、オーストラリアに行ってしまうことが決まったのですが、旅立つ直前に、私と一日出かける時間をつくってくれました。

同い年の方で、いつも近くで私の働いている姿を見守ってくれていました。ハンディがある私をそのまま認めてくれていて、彼女といるとすごく落ち着いて、自分らしくいられました。最後に二人で撮った写真は、いまでも大切にとっています。彼女がオーストラリアに行ってからも、コミュニケーションをとりたくて、そのためにパソコンを買ってメールしたりしていました。いまでも元気にしているかな？

初めて彼女ができたのは36歳ぐらいのときです。ハンディのある私たちは、なかなか友人の紹介や合コンなどの機会もないので、ネットで出会いを探しました。初めてできた彼女の誕生日のお祝いに、オイスターバーに行き、食事代2万円使っちゃいましたね（笑）。

好きな人のためには、無理をしてでも頑張ってしまう性格です（笑）。医療関係に勤務している方だったので、私の体で痛みが出るところは一発でわかってもらえました。いつも会ったときはマッサージをしてくれました。

他にも何人かの方と出会いはありましたが、うまくいっていると思っていた方でも、

「他の方とお付き合いすることになった」

と言われダメになったりもしました。

自分にはどうしようもなくて悔しかったけど、相手のことを考えたら仕方ないですよね。恋愛を続けていき、そのあとの結婚まで考えると、いまの私の収入では難しい部分もあり、続かなくなるケースばかりでした。

私は、そのときごとに収入を得る努力は精一杯してきたんですけどね。いまの社会で私たちが収入を得ていくのは難しくて、恋愛もなかなか難しいですね。恋愛だけは、自分の想いだけでは成立しないですから。

恋愛は、幸せな気持ちになれる時間ではあるけれど、それが結婚までいくには、本当に大変ですね。成就するためには、私も社会でもっと力をつけなければと思っています。

○生きる目的を見つけるための教訓

「恋愛だけは、自分の想いだけでは成立しない」

・ハンディがあると恋愛は難しく、一定以上の収入が必要となる結婚はさらなる困難が待ち受けています……。それでも前を向くしかありません！

第6章　事実は一つ。解釈は無数

——天命の巡り合わせ、宿命という名の頂点への道標——

【運命的（？）な出会い】

イオンモールのショッピングセンターに勤務していた頃、
「小倉さん、能力開発の分野に興味ある？　名古屋であるセミナーを受けてきて、小倉さんにどうかなって思って。このカセットテープよかったら聞いてみて」
とカセットテープをいただきました。それは、アチーブメント株式会社という会社が主催していた、目標達成プログラム「新・『頂点への道』」のデモテープでした。

自宅に帰り、早速カセットテープを聞いてみました。アチーブメント株式会社の代表取締役社長の青木仁志《さとし》さんが自ら講師を務め、話の内容は私がいままで経験してきた部分と重なる部分が多くありました。運命的な出会いでした。

そして、青木社長が書かれていた著書の『21世紀の成功心理学』を購入しました。「新・『頂点への道』」のエッセンスなどがたくさん書かれていて、「私もいつか青木社長にお会いしてみたい」という想いが出てきました。

購入した本に読書カードが入っていたので、「私の生い立ちや私の想いを書いて送ろう！」と思い立ち、一生懸命想いを書いて読書カードを出しました。後から聞いた話ですが、本に入っている読者カードを書いて送ってくる人は、ほとんどいないらしく、アチーブメントさんのほうでも話題になったそうです。

それから少し時間が経ったある日、のちに私の担当コンサルタントになっていただく方からお電話をいただきました。

「小倉さん、このたびは本の読者カードにメッセージを書いて送っていただきありがとうございます。ぜひ、小倉さんのような方にも〈新・『頂点への道』〉を受講していただきたいので、お待ちしています」

私は、

「ありがとうございます。ぜひ受講させていただきたいです。ただ私のいまの収入では受講が難しいので、２年間貯蓄をして必ず受講に伺いますので、よろしくお願いします」

とお返事をしました。

「新・『頂点への道』」は、いくつかのコースが用意されていて、スタンダードコースは16万円弱の費用が必要なため、私はそこから2年間受講に向けて貯蓄を始めました。

２年間の間に、アチーブメント株式会社さんから出ているほかの教材も取り寄せて、勉強したりもしました。

のちに、受講で学ぶ「目標を設定してその目標に向かってベストを尽くす」ことを、受講に向けての貯蓄のプロセスですでに実践していました。

貯蓄をしている2年間の間にも、アチーブメントさんから、定期的に電話でいまの状況をお話をさせていただきました。

そして2年間で60万円ほど貯蓄し、受講費用と受講時の宿泊費、交通費にメドが立ち、いよいよ念願の、〈新・『頂点への道』〉の受講を迎えます。


「新・『頂点への道』」スタンダードコースの受講の意志を決め、私は、青木社長宛てにメールをさせていただきました。

「初めまして。小倉と申します。〈新・『頂点への道』〉を受講したくて、準備を進めてきました。私は体にハンディがあり、受講中の宿泊の際などに自分ではできないことがあるのでサポートが必要なことがありますが、それでも受講に伺ってもご迷惑にはならないでしょうか?」

すると、青木社長から、

「小倉さんのサポートはうちの社員が全力でさせていただきます。ぜひ受講にお越しください」

とお返事をいただきました。

私のようなハンディがある者を受け入れていただき、本当に嬉しかったです。

ハンディがある人がこの講座を受講したのは、私が初めてだったそうです。受講の直前にも、私の携帯に直接青木社長から「小倉さん、お待ちしています」とメッセージをいただきました。

「新・『頂点への道』」スタンダードの初受講は、住まいから近い大阪に決めました。

初受講は2003（平成15）年4月でした。受講の前日に大阪に到着。ご挨拶に伺うと、アチーブメントさんのコンサルタントの方や、受講時のサポートをされる皆さんのお部屋に通されました。普通の受講生ならあり得ないことですが……。

「初めまして、小倉です。明日からよろしくお願い致します」

と挨拶すると、皆さんから、

「小倉さん、お待ちしていました。明日からよろしくお願いします！」

と迎えていただきました。皆さんがすごく温かくて、嬉しかったです。

○**生きる目的を見つけるための教訓**

「運命的な出会いを見逃さない」

・ふとした出会いが人生を大きく変えることがあります。その出会いは突然で、見逃してしまうことも。一期一会を大事にしましょう。

【人生の道を切り拓く】

「新・『頂点への道』」スタンダードコースは2泊3日の3日間のスケジュールで、自分のこれまでの人生を振り返り、理念の構築から目標の設定、その目標に対しての日々の実践までを手帳に落とし込み、目標を達成する技術を体得する講座です。

全国から、経営者の方や営業の方、各種ビジネスをされている方、スポーツ選手に至るまで、さまざまな方が200名ほど集まり、一緒に受講をします。私たちの学びをサポートしていただくアチーブメントの社員の方々や、アシスタントの皆さんもみえます。私は一気にたくさんの方々と出会うことができました。

講座は最初から有意義なものでした。自分のこれまでの人生を振り返る時間は、普段持てそうでなかなか持てませんよね。青木社長のお話を聞きながら、自分がいままで大切にしてきたことや自分の行動を振り返っていき、これから自分は社会のなかでどうしていったらいいのかを考えていきました。普段あまり考えないこともあったりして、最初は頭がパンパンになりました。

でも、昔から目標を立てて資格を取得したり、いろんなことを考えてさまざまなことをクリアしてきたので「自分がいままでやってきたことは間違いではなかった」ということも確認できました。

スタンダードコースの初受講のときに、青木社長から、

「遠いところから、よく受講に来てくれたね。ありがとう」

と声をかけていただけて嬉しかったです。

初受講のあとに青木社長から、

「いつでも連絡しておいで。できることはサポートするから」

と青木社長と直接メールできるアドレスが記載されている名刺を交換させていただきました。

このときから、アチーブメントさんでの学びがスタートしますが、いろんなエピソードを振り返っていきます。

「新・『頂点への道』」スタンダードコースは再受講のシステムがあり、私は定期的に同じ講座を受講しました。2回目の受講からは、アチーブメントさんの本社がある東京での受講でした。受講の前日に東京に入り、アチーブメントさんの社員の方々のサポートを受けながらの再受講です。

2回目の受講では、青木社長が講座のなかで私の話をされ、私の生い立ちからいままでの経験を私がお話ししたりしました。そのあとは、いろんな方と名刺交換の嵐でした。行列ができたりもしました。

私のような生い立ちの者がこのような講座を受講するのも珍しくて、たくさんの受講生の方とも知り合えて、受講のときの宿泊のサポートもしていただいたり、アチーブメントの受講以外のときでも、東京に行くときは現地でいろんなサポートをしていただいたりすることもできて、本当にありがたかったです。

講座を学ぶのも大事ですが、一挙に何百人の方とも出会える機会でもあり、その出会いが私には大きかったです。社会に出た頃に「友人や知人がいない」と悩んでいた私でしたが、外に積極的に出ていくことで、その問題は解消していきました。

ホテルでの宿泊もそうですが、私が講座を受講するときも、私がトイレをするときのスペースの確保や万一体調が悪くなったときに、私が横になれるところをつくっていただいたり、アチーブメントさんの社員の方々や受講生の方など、多くの皆さんのサポートがあって、受講をすることができました。

食事のときや宿泊のときに、いろんな方とお話しするのが楽しかったし、関わってくださる方が、私の生き方に共感してくださり、「勇気をもらった」「元気が出た」などの言葉をいただけて嬉しかったです。多くの皆さんのサポートに感謝です。

○生きる目的を見つけるための教訓

「積極的に外へ出れば、思わぬ可能性と出会いが待っている」

・かつては友人や知人がいないと悩んでいた私が、積極的に外に出ることで多くの方と出会いました。そのなかには、私の生き方に共感してくださる方もいました。

【私の役割を果たす】

スタンダードコースの再受講を重ねていき、さらに、「新・『頂点への道』」シリーズの「ダイナミックコース」（２００４年３月受講）、「ダイナミックアドバンスコース」（同年９月受講）と受講をしていきました。

ダイナミックコースとダイナミックアドバンスコースは体験型の研修でした。

その学びのなかで私は、世の中の一人の人間として、どのような役割を果たしていけばいいのか、深く考える機会になりました。

私にはハンディがあります。その自分を本当に認めて生きてこられたのか？ 考えると、ハンディがあることを理由に、しなければならない課題から目をそむけてきた部分にも気づきました。

それよりも自己評価が大切なことを知ります。本当のモチベーションは、自分から動機付けされないと生まれないことは高校生のときの資格取得で経験していましたが、まだまだ本当の意味でわかっていませんでした。

世の中で人の役に立ちたいと思うなら、そのための能力は身につけなければならない。その覚悟が自分にあるのかを自問自答していきました。

「私の人生は私に責任がある」

どんなことも、まずは自分自身がそれを認めて、前向きに改善に取り組んでいかなければ、本当の意味で自分が変わることはできません。私の場合は、ハンディがあることを「自分のせいじゃない」と言い訳にして生きてきた部分もあったことに気づきました。

どんな結果も自分の生き方の表れなのです。それは私に責任があります。私の人生の山は自分にしか登ることができません。正しい方向性をもって懸命に自分の課題に取り組めば結果はついてくること。結果が出たら、それに伴い協力者は増えていくこと。その協力者の方々のために、私が貢献できる力も身につけなければならないことを学びました。

ダイナミックアドバンスコースでの学びのなかで、特に私に刺さった言葉。

「世の中で私がリーダーシップを取り、私の生き方を通じて、周りの方々に良い影響を与える人間になる」

私の生き方を通じて、人に貢献できる人生を送りたいと思いました。

「私は影響力がある人です」

これが学びのなかで導き出した答えです。私が何事にも前向きに生きていくことによって、そこから波及していく影響力が、どれだけの方々に多くの気づきを与えることができるか？　皆さんに貢献できるのか？

そのような生き方をしていくことが、私の役割であることに気づきました。

こうして、私の人生に大きな影響を与えた「新・『頂点への道』」の受講時に、青木社長から昼食や受講後の次の日の朝食などにお誘いをいただき、ご一緒する機会がありました。青木社長から、

「小倉君は、私の大切な〝心友〟だよ。親友じゃなくて、『心』のほうだから。困ったときは、いつでも相談してきなさい」

社会の第一線で活躍されている方に、このようなお言葉をかけていただき、本当に感謝です。ほかにも、こんな会話がありました。

「小倉君は、世の中のリーダーになりなさい」

「私は、努力することしか取り柄がありません」

「目標に対して、忠実に努力できることが君の才能だよ」

とも言っていただきました。

「普通、うちの講座をなかなか受講しに来ないよ。小倉君は私と一緒で変わり者だよ（笑）。変わり者同士頑張っていこう（笑）」

と冗談混じりにお話しされることもありました。受講の帰りの新幹線まで青木社長がご家族と一緒に私を見送っていただいたときもありました。青木社長と一緒に過ごす時間は、本当に上質な時間でした。


一度だけ、東京で開催されたあるイベントで青木社長とジョイント講演をさせていただいたこともあります。青木社長の紹介で私が登場したときは、気持ち良かったです。またこのような機会があるといいなと思います。

また、青木社長から起業のご提案をいただいたこともあります。そのときは私の実力不足であることに気づき、ご迷惑はかけられないのでお断りさせていただきました。いまの長期的な目標として、この本をきっかけにして起業をすることも視野に入れています。

○生きる目的を見つけるための教訓

「私の人生の山は私にしか登れない」

・人生は自己責任。環境や状況は言い訳に過ぎません。まずはそれを認めて、前向きに改善していかなければ、本当の意味で自分が変わることはできません。

【〝捉え方〟ですべては変わる】

アチーブメントさんの講座ですが、最初は自分には大丈夫かと心配する部分もありましたが、周りの方々の温かいサポートもあり、たくさん学ぶことができました。受講生の方ともたくさん知り合うことができました。思いきって受講に出かけてよかったです。

受講にかけたお金は宿泊費などを入れると１００万円は軽く超えてしまいますが、遊びに行くよりも自分を高めて成長できる機会にきちんと投資していくことも大切ですよね。遊びに行くのはあとでもいいし、なるべく若いときに自分を磨くことにお金も時間も使いたかったので。

この頃は、福祉の店の仕事や電動車椅子サッカーの活動を同時にこなしていて、本当に大変でしたが、とても充実していました。アチーブメントさんの受講を終えて、朝、東京を発って午後からショッピングセンターでの勤務をこなした経験もあります。

こういった経験を通じて得た、私が大切にしている言葉を書きます。

「事実は一つ。解釈は無数」

私は、ハンディはあるけれど、それをどう捉えるかは解釈が無数にあります。私はハンディをプラスに捉える生き方をしようと思いました。マイナスの生き方を選んでも周りに良い影響を与えることはできません。前向きな生き方をしていくことこそ、周りの方々に良い影響を与えることができると思います。

ハンディがあることを言い訳にせず、自分の役割に徹して、人に貢献できるようになるのが私の目標であり、常に大切にしていることです。ぶれずに頑張っていきます。

○生きる目的を見つけるための教訓

「事実は一つ。解釈は無数」

・ハンディをどう捉えるか。いろいろな考え方がありますが、事実は一つ。解釈は無数です。マイナスに捉えても良いことはありません。

青木社長との2ショット

第7章　障がい者のスポーツ事情

——電動車椅子サッカーがつなげるパス——

【電動車椅子サッカーに出会う】

身障センター入所後のあるとき、作業療法（ＯＴ）の時間に作業療法士の先生と、「電動車椅子の操作技術を向上させるためにどうしたらいいか？」という話になりました。

当時はスラローム（団体競技）といって、三角コーナーでつくられたコースを通り抜けてタイムを測定し、その速さを競う競技しか知りませんでした。私は、

「スラロームのように三角コーナーの間を通り抜けるだけでは単調で面白くない。もっと楽しみながら電動車椅子の操作を向上できるものはないか？」

と話していました。すると、作業療法士の先生が電動車椅子サッカーという競技があるというのを調べてきてくれました。しかし、当時、三重県に電動車椅子のサッカークラブがなかったため、「私が音頭をとってチームをつくりましょう」という話になりました。

そこから入りいろいろ調べると、津市の久居に住んでいる方が、名古屋のチームで電動車椅子サッカーをプレイされていることを聞いて、コーチに来ていただくことになりました。私はメンバーを集めるために、学校時代に仲が良かった先輩が電動車椅子を使用して

いることに気づきその方を誘うことにしました。共通の友人も電動車椅子を購入したとわかりその方も誘うことにしました。

学生時代に同じスクールバスで通っていた友人と電動車椅子サッカーを通じて再会できるとは夢にも思いませんでした。

身障センターに入所していた人たちもチームに誘って、クラブチームを結成することになりました。私たち重度の障がい者が、電動車椅子を使ってサッカーというスポーツをプレイできるなんて思ってもいませんでした。

最初に声を上げたのが私ということで、チームキャプテンは私が務めることになりました。クラブの名前も私が決めていいということになり、「自分たちは最高に強いんだ」という想いを込めて「ＭＡＸ」と名付けました。当時の他の電動車椅子サッカークラブはチーム名が長いところが多かったため、私のチームはチーム名を短くして皆さんに覚えてもらいやすい名前にしたかったのもあります。

チームの設立日は１９９５（平成７）年９月１日。クラブの主な活動の目的は、電動車椅子サッカーという競技を楽しみながら電動車椅子の操作技術の向上としていました。電動車椅子の操作技術が向上することによっていろいろなところに出かけられたり、その結果としてチームのメンバー一人ひとりに、目的が生まれ、積極的に外出するという意識が芽生えていったことが、私としては、何より嬉しかったです。

試合は１９９６（平成８）年度の全国大会で、初出場。このときコーチに来てもらっている方が所属していた、名古屋のチームと対戦しました。試合というものが初めての経験だったので、浮き足だった部分もあり、やりたいプレイが何もできず0対8で敗けてしまいました。

情けなかったのと、勝負する以上勝ちたいと思う気持ちがあり、この敗戦から猛訓練をすることになりました。大阪からチームを呼んで試合をしていただいたり、夏には泊まり込みで合宿を張ったり、チームの強化に務めました。

通常は週に3回ほどは練習をして、空いた時間には自分たちのプレイをビデオで撮影してもらい、メンバーで自分たちのプレイを分析して動きの問題点を話し合ったり、もっと良いプレイができる方法をみんなで話し合ったりもしました。

そうしていくなかでメンバー同士が声かけをしなくてもアイコンタクトで意思疎通ができるようになり、プレイの精度が上がりました。その他に、各マスコミなどにも声をかけて、取材を通じて電動車椅子サッカーを知っていただく活動もしました。他の県に遠征試合に行くこともありました。

○生きる目的を見つけるための教訓

「楽しみながら向上できる方法を模索する」

・電動車椅子の操作技術の向上を考えるなかで始まったサッカーチーム。最初に声を上げた私がキャプテンとなりました。責任を持つことで、向上心も高まりました。

【まさにドラマのような大敗からの逆襲】

翌年の１９９７（平成９）年に開催された第３回電動車椅子サッカーの全国大会に初勝利を目的に出場しました。この大会は、国体のオープン競技として開催されました。

初勝利を狙った１回戦。奈良のチームに２対１で勝利することができ、喜びを分かち合いました。２回戦は、去年の敗戦後に練習試合に協力してくれた大阪のチームとの対戦でした。大阪のチームのほうが実力的にも上だと思っていたので敗戦を覚悟しましたが、私のミラクルプレイもあり、何とか勝つことができました。

続く準決勝は去年０対８で敗戦した名古屋のチームとの対戦でした。去年の借りを返そうと意気込み向かっていきました。

試合は白熱した展開になり同点のままＰＫ戦になりました。お互いがペナルティーキックを決め続け膠着した展開になりましたが、相手方のエースがミスをして、私がペナルティーキックを決めれば勝利という展開になりました。

すごく緊張しましたが、１年間勝利することを目標に頑張ってきたことを出せば絶対に決められると思い集中して蹴りました。このペナルティーキックが見事に決まり、昨年ボロ負けした対戦相手に勝つことができました。このときは泣いてしまいそうなほど嬉しかったです。

続く決勝にも勝利することができて、初勝利を目指していたはずがなんと初優勝を飾るという最高の結果で終わることができました。その瞬間はあまりにも驚きすぎて、あまり実感が湧かなかったです。

全国優勝という結果が残せて、すごくみんな充実していました。障がい者スポーツではあるものの、大会で結果を残すということも大事だと思いました。その後、対外試合の申し込みがあったりして、1年前とはまったく違う状況になり、不思議な感覚でした。また、クラブチーム発足当時は、身障センターのサポートを受けながら運営をしていましたが、優勝を機に身障センターからのサポートを離れて自分たちで運営していくことを決めました。身障センターのサポートから離れたあとは、チームメンバーの父兄さんやボランティアさんなどの助けを借りながら、乗用車に乗り合いなどをして、各地で開催される遠征試合や大会出場などをしました。

私は片親だったので、チームの皆さんが私のサポートをしてくださいました。いまのような、公的介護サービスがまだなかった頃に、皆さんにサポートしていただけたことがとてもありがたかったです。

○生きる目的を見つけるための教訓

「結果を残すことも大事」

・試合で勝てなかった悔しさをバネにチーム一丸となって猛練習を重ねた結果、まさかの初優勝！　懸命な努力は報われることを知りました。

【電動車椅子サッカーを取り巻く状況】

優勝してその勢いのまま、カナダでも電動車椅子サッカーをやっているという情報を聞いて、旅行会社のサポートをつけてカナダに遠征しようということになりました。海外に電動車椅子サッカーのチームが遠征するということが当時はなく、私のチームが初めてということだったそうです。

いま、この競技は国際化していますが、その扉を最初に開けたのは私たちのチームであることを知ったとき、すごく大きなことを成し遂げたのだなと思いました。この遠征は、私のショッピングセンターへの就職と重なっているため非常に迷いましたが、カナダへの遠征には私は参加しませんでした。

私は就職をして仕事に集中したいという気持ちもあったし、全国大会で優勝という一定の結果も残せたので電動車椅子サッカーを辞めようかなという思いもありました。その結果仕事も多忙だったのもあり、１９９８（平成10）年から２０００（平成12）年くらいまでは電動車椅子サッカーの活動自体を休んでいました。

こうして電動車椅子サッカーから離れて過ごしていたある日、チームメイトから電話がかかってきました。

「もう一度チームに戻ってきてくれないか？」

私は、仕事が忙しく、サッカーを辞めたい気持ちもあったのですが、自分がチームを立ち上げた責任もあると感じたので、できる範囲で活動を再開することにしました。

活動再開後、久しぶりに電動車椅子サッカーを観てみたら、海外製の電動車椅子でプレイしている人が増えていました。私たちが優勝した頃は、国産の電動車椅子だけだったので、その光景に驚きました。

また、競技自体のスピードも上がっていたため、重度の障がいの人たちが、だんだん参加しづらい状況になっていました。チーム数は増えていて、そのこと自体は喜ばしいことですが、障がいの比較的軽い人たちも競技に参加していました。

復帰後、私も新しい電動車椅子を購入したりして、少しでもチームの結果が残せるように努力していきました。競技を続けていくなかで２００６（平成18）年に自立支援法が施行されたため、施設が母体となっているチームは活動ができなくなるところもでてきました。さらに２０１０（平成22）年には競技の国際化も進み世界統一ルールでの競技運営に変わっていきました。

私たちが競技を始めた頃は、電動車椅子の前方の足を置くところに軽四のタイヤを半分に切り、面ファスナーを固定する器具を取り付ければ、比較的簡単に競技を始められました。費用は約1万円ぐらいでした。競技に使用するサッカーボールも直径が約50センチもある大きいものでした。

新ルールでは、タイヤの器具の代わりにそれぞれの電動車椅子の仕様に合わせた金属のフットガードを取り付けなければならず、費用は約10～15万円と格段に高くなりました。競技に使用するサッカーボールも直径が約32・5センチと小さくなりました。ルールの改正により競技のスピードは格段に上がり、迫力も増すなど、競技としての魅力が増した一方で、プレイの危険度や用具などを準備する際の金額も上がってしまったため、やむを得ず競技をやめるチームや個人も増えてきました。

○生きる目的を見つけるための教訓

「小さなきっかけが、世界の扉を開くこともある」

・電動車椅子サッカーはマイナーでしたが、我がチームが日本初の海外遠征を行いました。このスポーツはいまでは国際化し、その一翼を担ったと自負しています。

【電動車椅子サッカーの火を消すな！】

三重県には、私のチームの他に、もう一つチームがあったのですが、新ルールへの移行をきっかけに段階で活動をやめることになりました。旧ルールから新ルールへの移行の段階で、より個人のプレイの能力が必要となって、重度の障がいの方はプレイしにくくなっていきました。

私のチームも同じようにルール改正の影響を受け、その過程でさまざまなことがあり、一番多いときは8名いたメンバーが、2名まで減ってしまったときもありました。競技をする人が減ってしまうことでモチベーションも下がり、そういう状況も経験して、もうチームの活動をやめてしまおうかと思いましたが、私自身が電動車椅子サッカーの活動をやめてしまうことは、三重県から電動車椅子サッカーという競技がなくなってしまうことを意味していたので、それだけは避けたいと思いました。

一人でもこの競技をやってみたいという人がいればチームは存続させるべきだし、三重県から電動車椅子サッカーの火を消してはだめだと思い、私が電動車椅子サッカーを続けられるうちは活動を頑張っていこうと思いました。

電動車椅子サッカーは、国際化の波のなかで競技性が増していくので、それに対応できない方も出てきます。その一方で、重度障がい者の方がチャレンジできるスポーツであり、コミュニティ的な側面もあるので、競技性の向上に対応していく力とコミュニティ的な要素の部分を、いかにバランスをとっていくのかが難しく、この競技を継続していくうえで悩みの種でもあります。

スポーツだから試合に出る以上はやはり勝たなきゃダメですし、それを目指しながら誰もが電動車椅子サッカーを楽しめる環境をつくっていかなければいけないですしね。「楽しみながら勝つ」ことができたら理想なんですけどね。

とにかく、なるべく多くの方々に光が当たるようにしていかなければいけないと思っています。競技に関わってくださる方々が増えないと、電動車椅子サッカーの発展、継続は難しくなってきています。少しでも競技の普及、発展に貢献できるように取り組みをしていきます。

電動車椅子サッカーの発展を願い、２０１２（平成24）年から電動車椅子サッカーの体験会を実施して、一人でも多くの方に電動車椅子サッカーを知っていただく取り組みを始めました。体験教室参加者も増えクラブのメンバーも少しずつ増加し、特別支援学校の生徒さんなど若い選手も加入し、彼らのスポーツ活動にもつなげることができました。

他にも、電動車椅子サッカーのデモンストレーションを活用した地域の小学校などでの人権学習の講演、三重県障がい者スポーツ協会が開催するスポーツフェスティバルへの出店など、障がいの有無にかかわらず、多くの人に電動車椅子サッカーの魅力を発信する取り組みを数多く行っていきました。

この取り組みが、地域スポーツの復興に尽力していると評価され、２０１４（平成26）年の9月に、三重県から三重県地域スポーツ推進優良団体として表彰され、さらに２０１９（令和元）年10月、電動車椅子サッカーのクラブチームとしては全国初となる、文部科学省から表彰され、令和元年度文部科学省生涯スポーツ優良団体表彰を受けることができました。

生涯スポーツ優良団体表彰とは、地域または職場におけるスポーツの健全な普及及び発展に貢献し、地域におけるスポーツの振興に顕著な成果を上げたスポーツ関係者及びスポーツ団体を、「生涯スポーツ功労者」及び「生涯スポーツ優良団体」として文部科学大臣が表彰するものです。

令和元年度は、各都道府県教育委員会、公益財団法人日本スポーツ協会及び公益財団法人日本レクリエーション協会の選考を経て推薦された、生涯スポーツ功労者163名、生涯スポーツ優良団体117団体が表彰されました。

令和の始まりの年に受賞できたことは、記念にもなりますね。私たちの長年の活動が認められ、一般のスポーツクラブと同じく地域のスポーツクラブの一つとして、国から表彰いただけたことは価値のあることです。その分、地域で私たちが果たさなければならない役割も大きく、身が引き締まる想いです。

○生きる目的を見つけるための教訓

「継続も成功への道」

・三重県の電動車椅子サッカーの火を絶やさないために復帰しました。諦めたり、離れるのは簡単ですが、その前にやるべきことがあるはずです。

【Do the best】

私は電動車椅子サッカーを通じて電動車椅子の操作技術の向上と重度障がい者の方のコミュニティ（集まる場所）づくりが大切だと思って運営をしています。そのことを国に評価していただいたことが大変嬉しく、今後も継続してこの活動を続けていきたいと思っています。

現在、三重県電動車椅子サッカー協会の代表、電動車椅子サッカークラブＭＡＸの代表とチームキャプテン、三重県障がい者スポーツ協会の理事など、私が担わなければいけない役割はとても多いのですが、この競技を多くの方に知っていただくために、この活動はこれからも継続していきます。

そして、選手、スタッフの皆さんの遠征費などの金銭的な負担も、県の補助金などを利用したりしてなるべく軽減できるよう、環境整備もしていかなくてはいけません。

だからこそこれからの目標は、私の想いを受け継いで活動してくださる方にバトンタッチし、私がいなくなっても三重県から電動車椅子サッカーがなくならないようにするのが、私に残された大きな仕事です。

そうじゃないと、本当に電動車椅子サッカーが地域に根付いたことにならないと思います。生涯スポーツ優良団体として表彰いただいたのも、チームの発足からたくさんの方々にチームを支えていただいた結果だと思っています。

私のチームはとてもチームワークが良く、電動車椅子サッカーを楽しんでいるとよく言われます。試合の勝敗も大事なことではありますが、大会に出場するときに、みんなと一緒に食事をしたり、宿泊をしたりする時間も楽しんでほしいという想いもあります。

その方の生活の充実を考えれば、そのほうが大事だと思います。なかなか旅行に行ったりすることが難しい方も多いと思うので、電動車椅子サッカーに関わっていただくことで、いろんなことが提供できたらいいなと思っています。

電動車椅子サッカーは、競技を始めるまでに、電動車椅子の購入、練習場所や試合の会場までの移動手段の確保など、いろんな環境を整備していかなければいけません。私自身も、数年前まで、練習会場や練習試合、大会出場時の移動や宿泊など、電動車椅子サッカーの活動をサポートしてもらっていた福祉事業所が廃業してしまい、電動車椅子サッカーの活動が十分にできていない状況にあります。

ハンディがある私たちが活動を続けていくには、サポート体制が整っていないと継続も難しくなってきます。こういった状況のなかで、競技者を増やしていくのは簡単ではないですが、自分の想いを大切にしてベストを尽くしていきます。

○生きる目的を見つけるための教訓

「自分の想いを大切にしてベストを尽くす」

・私の場合は電動車椅子サッカーがそうでしたが、何をするにしても自分の想いを大切にしてベストを尽くすこと。こうした心意気が成長を促します。

・興味のある方は、ぜひ「電動車椅子サッカー」でネット検索してください。日本電動車椅子サッカー協会はフェイスブックやツイッター、YouTubeでも情報発信しています。

第8章　私もみんなの役に立ちたい

――ハンディがあってもできる前向きな人生の過ごし方――

【私の生きる目的を見つけた】

ここまで、さまざまなエピソードを交え、私の人生を振り返ってきました。ハンディを持った私のような者が社会のなかで生きていくのは、決して楽な道のりではありませんでした。私たちが健常者の皆さんと同じように生きていこうとしたときには、さまざまな場面で壁があるからです。幼少期から学生時代においても、本人が希望する場所で学べなかったりします。

私の場合は、十分な学力があったにもかかわらず、大学進学への道は叶いませんでした。そして、就職の道も社会の受け入れ体制や私たちハンディがある者の労働者としての位置づけが十分されていない部分もたくさんあり、就職をしようと思っても社会のなかにその場所が用意されていません。

障がい者の雇用率は、時代とともに徐々に改善はみられるものの、1ヵ所に一括雇用されているケースが多く、社会の一員として一緒に活動している実感があまりないような気がします。

皆さんの職場や、コミュニティのなかに身近な存在としてハンディがある方はいらっしゃるでしょうか？

毎日ハンディがある方を目にしているでしょうか？

どこか遠い存在になっていないでしょうか？

年に一度の黄色いTシャツでおなじみのチャリティー番組などで、そのときだけ障がい当事者にスポットが当てられ、感動を与えるみたいなものは、私は好きではありません。そうではなくもっと皆さんと打ち解けて、私たちが皆さんの周りにいるのが当たり前の存在にならないといけません。

そのためには、学ぶ場も、生活訓練の場も、就労の場も、もっと充実させていかなければいけません。このことを実現するには、長い道のりが待っていると思います。

私のように、やっとたどり着いた就職の場が、国の政策や関係機関の都合などで、賃金を大幅にカットされたり、仕事を奪われてしまうような状況に追い込まれてしまいます。これはある意味理不尽です。このような状況は改善されていかないといけないし、私のようにいろんな壁にぶつかる人が一人でも少なくなることが理想の社会です。

私は何十年も前から講演などで言っていますが、一向に変わらないのがいまの実情です。

でも、私は楽な道のりではなかったからこそ、多くの気づきが得られ、そのなかで成長できたんだと思います。

私は、母子家庭で育ったからこそ、自立して働きたいと思ったのです。両親が揃っていたら、苦労はしなかったでしょうし、もっと楽な人生を送っていて、ここまで努力もしなかったと思います。だから、これでよかったんです。私のしてきた苦労が誰かの役に立てば、それでいいんです。

ハンディは顔と一緒で、私の一部です。もし、私が健常な体だったら、性格も考え方もまったく違っていたはずです。ハンディがあるからこそ、気づけることがある。皆さんには当たり前のことが、当たり前じゃないから、少しの変化にも感謝できます。逆境だからこそ成長できました。いまを生きていることが実感できます。

周囲の人が困っているとき、それを自分のことのように置き換え、自分がどうしてあげたらいいのか考え行動することができる。こういう考え方ができるのも、ハンディを背負いながら、社会のなかで自分の役割を見つけ、その役割を果たすことによって、社会に貢献するということに気づけたからです。

私の根底にあるものは、「私もみんなの役に立ちたい」という想いです。

最初は、自分のハンディを受け入れることができなかった私が、悩み続けるなかで自分自身を見つめ、私に何ができるかを考えました。

ハンディを少しでも補うために、できる限り多くの知識を身につけようと思いました。そして、何事にも前向きにチャレンジしていきました。私が初めてトライということも多くて、次の方も続くようにと扉を開けにいきました。

ハンディがあるからといって、人の支援を受けるだけの存在で一生を終えるのが、私はどうしても嫌でした。どんなに苦労しても、みんなと同じ輪に入りたかったから……。

私の体にハンディがあることは、どんなに頑張っても消えない事実です。誰かの支援がなければ生活もできません。そのような状況であっても、私はそのマイナス面に目を向けることをやめようと決心しました。そこに目を向けても何の解決にもならないし、周囲の人たちを暗くしてしまうだけです。そんな時間があったら、私は笑顔でいようと決めました。

多くの人の役に立とうと思ったら、自分の能力はどんどん磨いていかなければならないし、役に立ちたい人たちのことを考えていたら、自分のことでくよくよしている暇などありません。
私がいままで経験してきたことをお話ししたり、私の笑顔を見て少しでも元気になってもらえたら、私の役割を果たしていることになります。くよくよして生きていくより、そのほうがよっぽど有意義だし、私にも充実感があります。

○生きる目的を見つけるための教訓
「楽な道のりではなかったからこそ、多くの気づきが得られる」

・私の人生は楽な道のりではありませんでしたが、だからこそ大きく成長することができました。くよくよするより、笑顔で乗り切りましょう。

【誰もが歩みたい人生を歩むために】

ノーマライゼーションとよく言いますが、障がい当事者が社会参加できる場所があると同時に、社会の構成員の一人として責任を果たしていくことが大事だと思います。

誰にでも社会のなかで活躍の場が用意されていなければなりませんが、それが実現したら言い訳は通用しなくなることも肝に銘じておかなければなりません。その覚悟がないのなら、ステージに立つ資格はないと私は思います。自己責任で生きることが大切です。

だってみんな同じでしょ。

しかし、残念ながらそのことを学べるところも、いまの社会には用意されていません。できない人たちを見捨てるのではなく、早い時期から教育、育成をしていく仕組みづくりが必要だと思います。

一人で悩む必要はないです。社会全体でサポートし合う体制ができればいいと思います。私が、その役割を担っていけたらという想いもあります。このことを実現させるには、共感していただける多くの皆さんの協力が必要です。皆さんのお力を貸してください。

「私は、私の生き方を通じて、周りの方々に良い影響を与え、貢献する人生を送る」

これは、さまざまな経験や学びを通じて、私が導き出した人生の目標です。それに気づくことができてからは、変に負い目を感じることがなくなりました。

世の中で私を必要としてくださる方が一人でもいれば、私はベストを尽くします。人に用いられることは、どんなことよりも生きる充実感を与えてくれるものではないでしょうか？　それに気づくことができた私は本当に幸せですし、感謝の想いしかありません。


皆さんは、どのような人生を送りたいと思いますか？

「働いて家庭をもって幸せになりたい」

障がいがあるなしにかかわらず、こう願うのは当たり前のことです。私もそう願ってきましたが、収入を得ていくことも難しいなかで、恋愛もうまくいきませんでした。

こういう願いを持っても、歩みたい人生を歩める環境は整っているでしょうか？

自分のことに責任も持たせてもらえるでしょうか？

「自分のことは自分で決める」ということは、自分が決めたことに責任を持つことになります。でも現実社会では、障がい者自身が「自分のことは自分で決める」と思っていても、選択肢があまりにもなさすぎますし、自分が決めたことに責任を持つという環境も整っていないと思います。

知らず知らずのうちに、本人以外の誰かが決めていませんか？

それは、その方の成長を阻害しているという一面もありますし、社会に出ていこうと思っても、環境に適応できないなどの問題も出てくると思います。

私はその選択肢をつくる作業を続けていました。そして、自分が決めたことには責任をもって生きてきました。実際の社会には、障がい者が参加できるステージが職場や地域にないので、「頑張りたくても、頑張れない」のです。

このステージが社会に用意されていたら、障がいがあっても誰もが絶望しなくてもいいのです。障がいがあると叶わないことが現実の社会では圧倒的に多いから絶望するのです。私たちのような境遇の者がいまの状況で、仕事をして、恋愛をして結婚をして家庭を持つことはできるのでしょうか？

いま健常者である皆さんも誰にでも、ケガや病気などで、さまざまなハンディを背負うことになる可能性があります。そういった意味では、みんな「障がい者予備軍」なのです。自分の身に降りかかってきて、初めて気づくんです。そして、その現実に悩み苦しむことになります。私には関係のないことと思っていても、いつその問題が降りかかってくるかは誰にもわかりません。

私の願いは、障がいを持ちながらでも諦めずに努力していけば、自分の歩みたい人生が送れ、願った環境で生活できる社会に変えていくことです。

○生きる目的を見つけるための教訓

「自分の生き方を通じて、周りの方々に良い影響を与える」

・これは障がいを持った私がさまざまな経験や学びを通じて導き出した人生の目標です。ハンディがある側の視点でいろいろと発信し、社会に貢献できたら幸せです。

【障がい者の社会進出】

「収入を得て、納税する」ことが私の一つの目標です。

私も一人の社会の構成員として、皆さんと本当の意味で打ち解けて、偏見をなくしていきたいと心より思っています。

たとえさまざまなハンディがあっても、社会のなかで支える側になれる方は、もっとたくさんのことが見えるはずです。現状はそのような方々が活躍できるステージがなく、社会で十分に活躍できる方も埋もれてしまっている状態です。そこに気づいてほしい……。

さまざまなハンディを抱えている方々のなかでも社会で活躍できる方はたくさんいらっしゃるのに、その方も受け手側にいることで、行政の財政などが厳しくなれば、いろんなことが縮小や打ち切りという事態になっていきます。それでは、生活できない人たちが出てきます。それではいけないと思いませんか？

「ハンディがあっても働ける能力がある方をどうすれば社会に出すことができるのか？」ということを、みんなで考えていくことのほうが、いろんな意味で社会が発展していくと思いませんか？

いま、いろんなことがあって、大変なときだからこそ、大きな変化のチャンスだと私は思っています。職場までの移動手段や就労中の介護の問題などで、働きたい気持ちがあっても働けない方もたくさんみえると思います。そんな方々が、社会に出るためにいろんな問題がクリアできたら、社会で活躍できる方はたくさん増えます。

その方々のサポートのためにいろんな資源を投入していただけるでしょうか？

投入した資源は、働いて稼いだ収入のなかから税金を納めてもらったらいいです。ハンディがあっても一国民です。「納税の義務」を果たしてもらえばいいと思います。そこまでいければ、ハンディがある人もない人も、変わらない人生が送れるはずです。

これは、いままでのハンディがある方々の前提を変えることです。現状は、本当の意味で社会を支える存在として認められていないため、ライフスタイルの選択肢もないし、自分が歩みたい人生を送ることができません。何かの形でハンディを負ってしまったら自分が望む人生が送れないなんて、あまりにも悲しすぎませんか？

ハンディがある人は、「気の毒だね」って言われながら、決まった人生のレールしか歩めないのは辛すぎます。

実は、この言葉が一番傷つくことをご存知ですか？

自分には関係ないからと静観しますか？

ハンディがある人たちは、ご家族がいなくなっても、生活していける環境づくりが必要だと思います。環境づくりには、学ぶ場も仕事もスポーツも生活面のサポートも、すべて含んでいます。実現のためには、道のりは簡単ではないでしょうけど、みんなが連携していけば実現できるはずです。社会のシステムとして、どんな方でも自分が歩みたい人生を歩めるようになっていたら、みんなそれぞれの目標に向かって前向きに努力もできると思います。

こうした、そもそもの前提を変えていくには、障がい当事者とそれ以外の方々、双方の意識変革が必要です。どちらが欠けても成就しません。5年先、10年先の世の中を変えていくには、いまからの取り組みが大事です。

ハンディがあるなしに関係なく、幼児期から社会に出るまでの一貫した育成の取り組みをみんなで協力してつくっていきませんか？

誰にでも、一人の人間としてそれぞれの役割があるはずです。それをみんなで協力してつくり上げていくことって、とても大切ですよね。これは社会全体の新しい取り組みとしてやっていきたいですね。

○生きる目的を見つけるための教訓

「誰にでも、一人の人間としての役割がある」

・私は本当の意味で障がい者が社会進出できるように努力しています。ハンディがあってもなくても、一人の人間として役割があるのです。

【目標を持つために重要な3つのこと】

①　自分の好き（得意）なことを見つける

あなたの好き（得意）なことを見つけることによって、人生の目標を持ちやすくなると思います。好きなことはどれだけでもやっていられるし、自分の好きなことや得意なことを一生の仕事にできたら一番幸せだと思います。誰かに褒められた経験がある分野なども入ってくると思います。好きなことや得意なことでも各分野でトップを目指すぐらいの気持ちがないと、一生の仕事にしていくことは難しいと思いますが、それができたら素晴らしいことだと思います。好きなことや得意なことも、年齢とともにどんどん変化していくのでどこで判断をするかが、難しいと思います。良い目標が見つかるといいですね。

②　憧れの人や、身近なところにいる目標となる人をイメージする

「自分はこういう人になりたい」と思うような人がいると目標を持ちやすいと思います。憧れの芸能人やスポーツ選手はもとより、自分の家族や知人など自分の身近なところに目

標にできる人がいるとさらに良いと思います。自分のなかに目標にして目指したい人がいると、努力もしやすいと思います。私は取り組みのなかで目標にできる人がいなかったときもあり、この方向性で頑張っていっていいのかわからず、悩んだこともありました。自分の道しるべになってくれる人の存在はとても大きいと思います。私は、目標にしてもらえるような存在になりたいですね。

③　多くのものに触れてみる

自分の目標が見つからない人は、なるべく多くのものに触れてみるのも良いと思います。自分のなかに迷いがあるときも自分を見つめ直す意味でもいろんな経験をしてみるのも良いと思います。一つのところにいると、考えも固定化していきますし、多くのものに触れてみていろんな経験をしていくなかで、新たな気づきも得られるはずです。

明確な目標を持つことは、より良い人生を送るうえでとても重要なことです。あなたはどのような人間になりたいのかを深く考える時間を持ち、あなたが目指す人生の理念に基づいた人生の計画、日々の実践を繰り返していくことによって、自分の人生に対する姿勢ができ上がってくると思います。その姿勢に共感してくれた方々が、あなたの協力者として関わってくれると思います。この良いサイクルを回すことができれば、より良い人生を送ることができるでしょう。どんな人も一人では生きていけません。

いろんな方々の協力を得られる人間になれるよう、私も日々精進していきたいと思っています。

あとがき

私は小さい頃自分の障がいが受け入れられず、将来を悲観して命を絶ちたいと思うほど落ち込むこともありました。ですが、悩みながらも必死に考え、良い意味で開き直って私のできることを精一杯やろうと思い、資格を取ったり生活訓練をしたり、一つひとつ課題をクリアしていきました。正解の道を選ぶのではなく、自分が選んだ道を正解にしてきました。

そうすることで自信がついて、「今度は自分のことだけではなく、人のために私も何かできることがあるのではないか?」と考えることができるようになり、人の役に立てる能力を身につけようと必死に努力しました。

そのなかで、私の壁だけじゃなく、周りのみんなが良くなれば、私も良くなることに気づきました。そうすると、いつの間にか自分のハンディに目を向けることが少なくなり、その姿勢が多くの方に良い影響を与えることにもなり、私を応援してくださったり、支援してくださる方も増えてきました。

学生のときに自分の将来を悲観して死んでしまおうかと一人で悩んでいた頃と比較したら、いまの私は信じられないぐらい多くの方々に囲まれています。本当に幸せなことです。「私はもう一人じゃないんだ」って実感できます。周りの皆さんに貢献するためにも、私は生きなきゃダメですね。私の人生はガラリと変わりました。ということは、いま、何かに悩んでいる皆さんも、きっときっかけ一つで変われるはずです。

いまもなお、さまざまなところに社会の壁はたくさんあるけど、いままでの人生で出会った方たちとともに、その壁が一つでも取り除けたら、これから私たちのあとに続く人たちが苦労せず、少しでも良い人生が送れるかもしれません。

私は、その社会の実現のために先頭を切って歩みます。実現するのは難しいことですし、無理なことと言われるかもしれないけど、誰かがやらなければずっと同じ環境です。その結果として、私が社会のなかで収入を得て、家族を持つことができれば、そのことが、いろんな方々に勇気を与えることになります。そして、本当の意味で私が自立していくことで、私の家族も安心させてあげたいです。それが一番の親孝行です。私が一つのモデルケースになれたら嬉しいです。目指す目標ができたら、みんな頑張れるはずです。

私は目標にするモデルがなかったから、うまくいかなくなったときどうしたらいいのかわからず、すいぶん苦しんだ経験があるので、私の存在が皆さんの目指す目標になりたいです。それが私の役割であり、人生の目標でもあります。それが「私の生きる目的」です。ハンディがあるなしは関係ないです。みんな同じ人間です。このことを実現出来たら、世の中が少しでも変わっていると思います。

私は、この本の出版をきっかけに講演活動に力を入れたいと思っています。私が経験してきたことをもっとたくさんの方々にお伝えしたいです。ゆくゆくは事業の立ち上げにもチャレンジしたいと思っています。その姿を、皆さんに見ていただくことで、「生きる」という視点から、皆さんのヒントになれば幸いです。

これからも、自分の目標に忠実に頑張っていきます。

ハンディのある方もない方も、誰もが、自分が歩みたい人生を歩むことができますように……。

令和3年3月吉日

小倉健睦

著者略歴

小倉健睦（おぐら けんぼく）

本名：小倉健（おぐら けん）

1975年（昭和50年）４月　三重県鈴鹿市生まれ

1982年（昭和57年）４月　三重県立城山養護学校（現三重県立城山特別支援学校）入学

1993年（平成５年）３月　同高等部　卒業

1993年（平成５年）７月　三重県身体障害者総合福祉センター生活援助棟　入所
入所期間中の1995年９月に電動車椅子サッカークラブMAXを結成。1997年度電動車椅子サッカー全国大会（現日本選手権大会）優勝

1996年（平成８年）11月　イオン鈴鹿ショッピングセンター　ベルシティ（現イオンモール鈴鹿ショッピングセンター）　内、専門店「福祉の店パレット」に店長として勤務。1998年よりショッピングセンター内のCS（顧客満足）委員（常任委員）も兼務

2008年（平成20年）３月　同　退職

2014年（平成26年）９月　代表を務める、電動車椅子サッカークラブMAXが、平成26年度　三重県地域スポーツ推進優良団体表彰

2019年（令和元年）10月　代表を務める、電動車椅子サッカークラブMAXが、文科省の令和元年度生涯スポーツ優良団体表彰（電動車椅子サッカークラブとしては、全国初の表彰）

【現在の役職】　三重県電動車椅子サッカー協会、電動車椅子サッカークラブMAX代表、三重県障がい者スポーツ協会理事、専門委員会委員

【主な取得資格】　全国商業高等学校協会　簿記実務検定１級（商業簿記・工業簿記）
全国商業高等学校協会　情報処理検定３級
全国商業高等学校協会　ワープロ実務検定４級
日本ショッピングセンター協会　テナント店長養成講座　修了
アマチュア無線技士　４級

幻冬舎ルネッサンス新書　219

私《わたし》もみんなの役《やく》に立《た》ちたい

【前《まえ》向《む》き障《しょう》がい者《しゃ》】の頭《あたま》の中《なか》

2021年３月10日　第１刷発行

著　者　　小倉健睦
発行人　　久保田 貴幸

発行元　　株式会社 幻冬舎メディアコンサルティング
〒151-0051　東京都渋谷区千駄ヶ谷4-9-7
電話　03-5411-6440（編集）

発売元　　株式会社 幻冬舎
〒151-0051　東京都渋谷区千駄ヶ谷4-9-7
電話　03-5411-6222（営業）

ブックデザイン　田島照久
印刷・製本　　中央精版印刷株式会社

検印廃止

Printed in Japan
ISBN 978-4-344-93291-3　C0295
幻冬舎メディアコンサルティングHP
http://www.gentosha-mc.com/